WISHBOOKS MODERN FANTASY STORY
예성 장편소설

 6

예성 장편소설

초판 1쇄 찍은 날 | 2018년 4월 13일
초판 1쇄 펴낸 날 | 2018년 4월 20일

지은이 | 예성
펴낸이 | 예경원

기획 | 위시북스
편집책임 | 이규재
편집 | 이즈플러스

펴낸곳 | 예원북스
등록번호 | 제396-2012-000132호
등록일자 | 2012. 7. 25
KFN | 제1-242호

주소 | 경기도 고양시 일산동구 호수로 646-24 위너스21 II 빌딩 206A호 (우)10401
전화 | 031-819-9431 팩스 | 031-817-9432
E-mail | yewonbooks@naver.com

ISBN 979-11-6098-904-5 04810
      979-11-6098-694-5 (set)

SUPER 슈퍼에이스 ACE

6

WISHBOOKS MODERN FANTASY STORY

예성 장편소설

CONTENTS

1장
압박감

데커는 수비가 나쁘지 않았다. 그런데도 간혹 어이없는 실책을 범했다. 페넌트 레이스라면 웃어넘길 상황이다.

그러나 지금은 월드시리즈다. 실책 하나가 패배로 직결될 수도 있었다. 굳은 얼굴의 데커가 영웅에게 공을 건넸다.

"미안하다……."

목소리도 긴장한 게 느껴졌다.

이런 상황에서 자신이 어떤 행동을 해야 할 지 잘 알고 있었다. 영웅은 그의 어깨를 토닥였다.

"괜찮아. 실책은 언제든지 나올 수 있다. 너무 신경 쓰지 마."

"고맙다."

고개를 끄덕이는 데커를 보며 미소를 지었다. 이걸로 부담감이 조금은 덜어질 것이다. 예전에도 그랬으니 말이다.

하지만 한 가지 간과한 부분이 있었다. 지금은 페넌트 레이스가 아니라는 사실이다. 페넌트 레이스는 실책을 해도, 심지어 경기에서 지더라도 다음이란 게 있었다.

그러나 디비전 시리즈는 다르다.

한 경기, 한 경기의 중요성이 페넌트 레이스와는 격이 달랐다. 선수들이 느끼는 압박감 역시 컸다. 베테랑들은 나름대로 극복을 하는 방법이 있었다.

또한 일부는 이런 큰 경기에도 압박감을 받지 않기도 했다.

하지만 대다수의 선수가 그러지 못했다. 데커 역시 마찬가지다. 페넌트 레이스라면 크게 신경 쓰지 않았을 실책이다. 그러나 월드시리즈라는 중압감이 그의 어깨를 짓눌렀다.

'어떻게든 만회를 해야 돼.'

긴장된 얼굴의 그가 수비에 들어갔다.

야구란 참으로 아이러니한 스포츠다.

에러를 범한 선수가 누구인지 알기라도 하는 듯 타구가 귀신 같이 그쪽으로 향했다.

따악—!

이번에도 마찬가지였다. 경쾌한 소리와 함께 날아간 타구의 방향이 데커에게 향했다.

이번에는 직전처럼 처리하기 쉬운 타구는 아니었다. 타구는 빨랐고 날카로웠다.

하지만 메이저리거라면 처리할 수 있는 수준의 공이었다. 평소의 데커라면 분명 처리할 수 있었을 거다.

그러나 지금의 데커는 평소와 달랐다. 너무 긴장한 나머지 움직임이 굳어 있었다. 그의 몸놀림은 더디었고 날카로운 타구를 잡기에 느렸다.

퍽-!

결국 한 끗 차이로 타구를 놓쳤다.

문제는 공에 스핀이 걸려 있었다는 점이다. 원 바운드가 된 공은 라인을 타고 밖으로 흘러나갔다. 좌익수가 급하게 쫓아갔지만 거리가 있었다.

그사이 1루 주자는 전력질주를 통해 순식간에 3루 베이스를 통과했다.

공을 잡은 좌익수 로건이 홈으로 송구했다. 빠르게 날아가는 공과 주자. 먼저 도착하는 게 누구인지 사람들의 시선이 집중됐다.

그때 주자가 몸을 날렸다.

촤아아앗-!

헤드 퍼스트 슬라이딩을 한 주자의 손이 홈 플레이트를 터치했다. 뒤이어 공을 포구한 페르나가 주자를 태그했다.

"세이프!"

[아-! 세이프입니다! 3회 투 아웃을 잡고 점수를 내주는 강영웅 선수입니다!]

[기분 나쁜 안타에 이어 적시타까지 허용하는 군요.]

[비록 적시타가 되긴 했지만 아쉬운 수비가 있지 않았습니까?]

[맞습니다. 어려운 타구기는 했지만 평소 데커 선수의 수비라면 충분히 잡을 수 있는 타구였습니다.]

고개를 들 수 없을 지경이었다.

부담감이 그의 어깨를 짓눌렀다.

'제길······.'

굳어버린 몸은 쉽사리 풀리지 않았다.

무엇보다 영웅에게 미안했다.

자신에게 괜찮다고 말해주었던 그에게 폐를 끼쳤다는 생각이 들었다.

고개를 들어 마운드를 바라봤다.

'저 녀석······.'

힐끗 영웅을 바라본 데커는 놀라고 말았다. 분명 영웅이 실망했을 거라 생각했다.

한데 아니었다. 속마음은 모르지만 최소한 겉으로 봤을 때 영웅은 평상시와 같았다. 점수를 내준 사실을 벌써 머리에서 지운 듯 다음 타자를 기다리고 있었다.

'대체 얼마나 배짱이 좋은 거냐.'

믿을 수 없었다. 월드시리즈임에도 불구하고 영웅은 평소와 같았다. 그 모습을 보고 있자니 긴장했던 자신이 참으로 부끄러워졌다.

'고작 한 번의 실수로 주눅들 필요는 없잖아!'

좋은 마인드였다.

고작 한 번의 실수다.

앞으로 수백, 수천 번을 반복해야 할 플레이에서 나온 한 번의 실수. 계속 마음에 두고 있으면 자신만 손해였다.

데커는 다시 집중력을 끌어올렸다.

그사이 타석에 타자가 들어왔다.

페르나와 사인을 교환한 영웅은 그 어느 때보다 높은 집중력으로 공을 뿌렸다.

"흡!"

쐐애애액—!

뻑—!

"스트라이크!!"

비록 점수는 내줬지만 영웅은 멀쩡했다. 충격 같은 건 없었다.

수비의 실수는 투수가 제어할 수 없는 것이었다. 그런 것까지 신경을 쓰다가는 야구를 하지 못하게 될 거다.

그렇기에 이미 영웅은 방금 전 실점을 머리에서 지웠다. 지금은 에러에 대한 생각을 하는 것이 아닌 타자를 상대해야 할 때였다.

뻑—!

"스트라이크! 투!!"

7이닝 1실점 14탈삼진.

이 성적을 놓고 나쁘다고 말할 사람은 단 한 명도 없다. 완벽하진 않더라도 그에 가까운 피칭이었다.

이런 성적을 올리고도 영웅은 승리 투수가 되지 못했다.

클레이튼 커쇼가 더욱 완벽에 가까웠기 때문이다.

8이닝 무실점 11탈삼진.

월드시리즈 1차전에서 커쇼의 성적이었다. 호투에 막힌 건지 아니면 타격감이 전체적으로 떨어진 건지 인디언스의 타선은 점수를 내지 못했다.

스코어 1 대 0.

에이스를 내고도 1차전을 내주었다.

인디언스에게는 큰 악재였다. 영웅은 인디언스에서 가장 믿음직한 투수다. 그가 등판을 하면 반드시 승리할 수 있을 거란 믿음이 있었다.

그것이 깨진 것이다.

기선제압에 실패했다는 것도 악재 중 하나였다. 반대로 다 저스는 기선을 잡았다. 적지에서 그것도 리그 최고의 투수를 상대로서 말이다.

다저스의 기세는 무서울 정도로 상승했다.

단기전에서 기세라는 건 무시할 수 없는 요인이었다. 실제로 연패를 거듭하던 팀도 기세를 타기 시작하면 드라마 같은 역전극을 써내기도 했으니 말이다.

하물며 다저스는 막강한 팀이었다. 거기다가 기세까지 탔으니 그들을 말릴 수 있는 이들은 없었다.

딱-!

[쳤습니다! 중견수 키를 넘긴 타구가 원바운드로 펜스를 강타합니다!]

3루 주자가 일찌감치 홈을 밟았다. 2루 주자 역시 여유롭게 홈으로 들어왔다. 그사이 타자주자는 2루까지 들어갔다.

[5회 초! LA 다저스 2점을 추가합니다!]

스코어보드에 매 이닝 점수가 기록되어 있었다.

기세가 오른 다저스는 2차전도 일찌감치 승부의 추를 기울게 만들었다.

1차전에서 커쇼의 호투에 막혔던 인디언스의 타선도 힘을 내긴 했다. 3점을 내면서 따라붙었다.

하지만 역전을 하기에는 역부족이었다. 다저스의 불펜이 투입되면서 타격이 풀리지 않게 됐다.

뻐억-!

"스트라이크! 아웃!"

[삼진입니다! 다저스의 마무리 잭슨 선수가 마지막 아웃 카운트를 잡아냅니다! 1차전에 이어 2차전 역시 승리를 가져갑니다!]

밀러 감독은 급해졌다. 설마 월드시리즈 시작부터 이런 위기를 맞이할 줄은 몰랐다.

'강영웅이 진 것이 가장 크다.'

반드시 이길 거라 생각했던 카드가 졌다.

포커로 예를 들면 에이스 포카드를 꺼냈는데 상대방이 로열 스트레이트 플러시가 뜬 격이었다.

'3차전이 중요해졌어.'

내일 이동을 하기 전에 3차전 투수를 결정해야 된다.

원래 계획대로라면 존 배터를 올려야 했다. 챔피언십 시리즈에서 좋은 모습을 보여주었던 배터다.

분명 기대치가 있었다.

문제는 2연패를 했다는 점이다. 3차전에서도 패배를 한다면 3패, 그렇게 되면 걷잡을 수 없다.

월드시리즈도 챔피언십 시리즈와 같은 7전 4선승제다.

만약 3차전도 패배한다면 벼랑 끝까지 몰리게 된다. 차라리 그럴 바에는 3차전에서 영웅을 올리는 게 더 옳은 선택으로 보였다.

무엇보다 분위기 반전이 필요했다.

2연패에 빠진 선수단이 다시 기세를 타기 위해선 강렬한 한 방이 필요했다.

밀러는 다시 한번 강영웅이란 카드를 만지작거렸다.

'어차피 먹었던 욕, 다시 한번 먹으면 된다. 월드시리즈에서 우승만 하면! 모든 비난은 사라지게 되어 있어!'

밀러 감독은 결과론을 중시했다.

월드시리즈라 우승이라는 대업을 이루면 모든 비난은 사라질 것으로 믿었다.

어느 정도 사실이기도 했다.

밀러 감독은 폭주하고 있었다. 자신의 커리어를 위해 선수를 혹사시키는 역사 속의 그런 감독 중 하나로 말이다.

그는 회의에서 자신의 뜻을 밝혔다.

"3차전 선발은 강영웅으로 간다."

"안 됩니다!"

투수 코치가 바로 반대 의견을 표했다.

밀러의 얼굴이 일그러졌다.

"자네는 내가 말하는 것마다 반대를 하는군."

"정상적이지 않은 기용에는 반대를 할 수밖에 없습니다! 강영웅은 1차전에서 107개의 공을 던졌습니다. 3차전에 나가기엔 아직 체력 회복이 덜 됐습니다."

"이동하는 날까지 합치면 이틀은 쉬는 거야. 디비전에서도 비슷한 상황에서 제대로 던졌잖나!"

"디비전 시리즈 때부터 지금까지 무려 5경기를 던졌습니다! 매 경기 7이닝 이상을 던졌습니다! 이러다가는 300이닝을 넘게 생겼습니다!"

지금까지 280이닝을 넘게 던진 영웅이다. 다른 코치들도 투수 코치의 의견에 동의했다.

영웅은 충분할 정도로 많은 이닝을 던지고 있었다.

물론 월드시리즈라는 특이성이 있었다. 하지만 그렇다고 해도 정도란 게 필요했다.

밀러 감독은 그 수준을 넘어섰다.

혹사.

코치들의 머릿속에 그 생각이 떠나지 않았다.

"끝까지 반대를 하겠다. 이건가?"

밀러 감독의 목소리가 착 가라앉았다. 그의 표정에서는 살기마저 감돌았다. 무언가 결단을 내린 듯한 표정이었다. 그게 무엇인지 이 자리에 있는 모든 사람이 알고 있었다.

투수 코치는 입술을 꽉 깨물었다.

사실 그는 밀러 감독과 함께 몇 년을 해온 남자였다.

인디언스로 부임한 밀러 감독이 가장 먼저 데려온 것도 피터슨이었다. 오른팔이라 할 수 있을 정도로 두 사람의 호흡은 잘 맞았다.

그렇기에 더 가슴이 아팠다.

'다 내 탓이다.'

자신이 옆에서 잘 보필하지 못한 탓이다. 진즉 밀러 감독의 폭주를 눈치채고 그를 막았어야 했다.

디비전 시리즈 때부터 이상한 점을 눈치를 챘다.

그때 막지 못한 것이 후회스러웠다.

'더 이상 잘못된 일에 동참할 순 없어.'

피터슨은 결단을 내렸다.

"저는 찬성할 수 없습니다."

"어쩔 수 없지. 그렇다면 자네를……."

그때였다.

뚜르르르-!

회의실의 전화가 울렸다. 밀러 감독은 인상을 구기고 수화기를 들었다.

"회의 중에는 연락하지 말라는……!"

말을 이어가던 밀러 감독의 눈동자가 커졌다.

"예…… 예…….."

그리고 곧 목소리가 공손해졌다.

"예?! 하지만……!"

놀라는 목소리가 이어졌다. 그리고 충격을 받은 듯 넋이 나간 표정을 지었다.

"……알겠습니다."

대답을 한 밀러 감독이 전화를 끊었다. 넋이 나간 그는 한참 동안이나 말을 이어가지 못했다.

"감독……?"

참다못한 피터슨이 그를 불렀다. 그제야 정신을 차린 밀러는 입을 열었다.

"아아…… 미안하군. 3차전 선발은 배터로 간다. 영웅은 4차전에 등판시키도록."

코치들이 어리둥절한 표정을 지었다. 방금 전까지 영웅을 등판시키자고 주장하던 밀러다.

그런데 전화를 받더니 주장을 바꾸었다.

"알겠습니다."

거절할 이유는 없었다. 피터슨은 바로 대답을 했다. 그의 시선이 수화기로 향했다.

'누가 전화를 한 거지?'

당장 머리에 떠오른 건 두 사람이었다.

감독에게 명령을 내릴 수 있는 위치에 있는 사람들이었다.

레이널드 단장.

그리고…….

'해롤드 구단주.'

이내 피터슨은 고개를 저었다. 상대가 누구든 상관없었다.

중요한 건 영웅의 3차전 등판을 막았다는 사실이다.

회의는 계속 진행됐다.

하지만 밀러는 넋이 나간 사람처럼 좀처럼 이야기를 꺼내지 못했다.

그렇게 이상한 분위기 속에 회의는 이어졌다.

전화를 끊은 해롤드가 맞은편을 바라봤다. 고급 소파에 앉아 여유롭게 위스키를 마시는 남자와 눈이 마주쳤다.

"당신 사무실이라고 해도 믿겠군."

"하하하! 기분 나쁘셨다면 사과드립니다."

"아니야. 어쨌건 강영웅에 대한 건은 연락을 넣어뒀어."

"감사합니다."

"그런데 괜찮겠나? 이걸로 내가 당신한테 진 빚이 사라지는 건데."

해롤드가 물었다.

남자한테 진 빚은 매우 큰 것이었다. 원한다면 수백만 달러의 돈을 줄 수 있을 정도다.

엄청난 자산과 권력을 보유한 그조차 마음 한구석에 짐처럼 올려져 있던 빚이 이번 일로 사라졌다.

"저와의 접점이 사라지셔서 서운하십니까?"

능글맞은 미소를 짓는 남자를 보며 해롤드가 헛웃음을 터뜨렸다.

"말도 안 되는 소리를 하는군."

"하하!"

짧게 웃은 남자가 잠시 생각하더니 입을 열었다.

"강영웅이란 선수는 아직 피지 못 한 꽃입니다. 저는 그 꽃을 피우게 하고 싶습니다. 그가 가지고 있는 잠재력이 모두 발휘됐을 때, 과연 어떤 성적을 남길지 궁금합니다."

해롤드의 눈이 커졌다.

리그 최고의 투수에게 주어지는 사이영 상.

그것의 주인공인 강영웅이 아직 피지 않은 꽃이다?

"그 말을 다른 사람이 했다면 미쳤다고 말했을 거야."

즉, 남자의 말을 믿는단 의미였다.

당연한 일이었다. 눈앞의 남자는 허투루 저런 소리를 할 사람이 아니다. 만약 농담이나 허투루 이야기를 하는 사람이라면 슈퍼 에이전트라 불리지 못했을 거다.

"칭찬으로 듣겠습니다."

가볍게 고개를 숙인 남자가 자리에서 일어났다.

"참, 그리고 조만간에 독립을 할 생각입니다. 미리 명함 시안을 뽑았으니 받아주십시오."

그가 한 장의 명함을 내밀었다.

"미라클 에이전시? 이름 한 번 유치하군. 당신은 기적을 믿나 보지?"

"믿습니다. 직접 경험을 했으니까요."

"재미있는 대답이군."

남자가 미소와 함께 몸을 돌렸다.

사무실을 나서는 그를 보며 해롤드는 명함을 돌렸다. 거기에는 직책과 이름, 그리고 연락처가 심플하게 적혀 있었다.

CEO 최성재라는 이름이 눈에 들어왔다.

'재미있는 녀석이라니까.'

미소를 지은 해롤드는 위스키를 마시면서 자신만의 시간

을 보냈다.

월드시리즈 3차전.

많은 사람이 인디언스의 패배를 예상했다.

일단 투수의 이름값이 떨어졌다.

객관적인 자료를 보더라도 다저스의 선발 투수가 강한 상황.

하지만 배터는 챔피언십 시리즈에 이어 또다시 놀라운 모습을 보여주었다.

쐐애애액-!

공이 뱀처럼 휘어서 들어왔다. 배트를 유연하게 피하는 공의 모습에 타자의 얼굴이 일그러졌다.

부웅-!

퍽-!

"스트라이크! 아웃!"

[오늘 경기 세 번째 탈삼진을 기록하는 배터 선수입니다!]

[싱킹 패스트볼이 정말 예술적으로 들어가고 있습니다. 저렇게 휘어서 들어가면 맞힌다 해도 땅볼밖에 나올 수가 없어요!]

[오늘 경기 배터 선수가 잡아낸 20개의 아웃 카운트 중 13개가 모두 땅볼이었습니다.]

배터는 침착했다. 월드시리즈임에도 불구하고 떨지 않았다. 그럴 수 있던 이유는 수비를 그리고 동료를 믿기 때문이었다.

"후우……."

크게 한숨을 내쉬고 와인드업을 했다. 그의 손을 떠난 공이 포심의 궤적을 그리며 날아갔다.

그러나 좀처럼 타자의 스윙은 시작되지 않았다.

'싱커? 아니면……!'

판단을 내리지 못했기 때문이다.

배터의 싱커는 약 2/3지점까지는 포심과 똑같은 궤적을 그린다.

즉, 판단이 어렵다는 뜻이다. 문제는 포심일 경우 이 지점까지 도달했을 때 스윙을 시작하면 타이밍이 늦었다.

지금도 마찬가지였다.

고민을 하는 사이 스윙을 시작할 타이밍을 놓쳤다. 변화가 없는 걸 확인하고 배트를 돌렸지만 포인트가 어긋났다.

툭―!

배트와 공이 임팩트 하는 순간 배트가 밀렸다.

타구에 힘도 싣지 못했다.

높게 떠오른 타구는 내야를 벗어나지 못했고 유격수 파렐이 안정적으로 포구했다.

퍽―!

"아웃!"

[삼진입니다! 7이닝 무실점 피칭을 선보인 배터 선수! 정말 좋은 피칭입니다!]

배터의 호투에 인디언스 타자들도 답했다.

7회 동안 무려 11개의 안타를 때려내며 6득점을 올렸다.

큰 변수가 없는 이상 역전은 무리였다.

다저스 역시 필승조를 아끼고 있었다.

승리가 확정적이었지만 밀러의 표정은 굳어 있었다. 겉으로 보기에는 마지막까지 긴장의 끈을 놓지 않는 감독의 모습이었다.

하지만 속사정은 달랐다.

'설마 구단주가 직접 오더를 내릴 줄은……'

구단주는 팀의 오너다.

그러나 직접적인 관여를 하는 일은 거의 없었다.

간혹 관여를 하더라도 단장을 통해서다.

현장에 직접적으로 연락을 하는 일은 없다고 봐도 무방했다.

한데 구단주가 연락이 왔다.

그 사실은 강영웅이 팀에서 얼마나 중요한 위치인지 알게 해주는 예시였다.

'멍청했어. 우승에 눈이 멀어 있었다.'

강한 충격 때문이었을까?

밀러는 자신의 잘못을 깨달았다.

선수단을 믿지 못해 특정 선수를 혹사시켰다. 스스로가 경멸했던 일을 한 것이다.

'감독으로서 자격이 없다.'

한숨을 크게 내쉰 밀러는 이내 고개를 들었다.

'언제까지 고개를 숙이고 있을 순 없지.'

아직 월드시리즈가 진행 중이었다. 경기는 끝나지 않았다. 스스로에 대한 실망은 모든 경기가 끝난 뒤에 해도 늦지 않았다.

밀러는 다시 경기에 집중하기 시작했다.

3차전은 인디언스의 승리가 됐다.

투타의 밸런스가 매우 좋은 경기였다.

선수들의 사기를 올리는 방법으로 가장 좋은 건 승리다.

그 예로 인디언스의 라커룸은 매우 분위기가 좋았다. 웃음소리가 끊이지 않았고 장난을 치는 선수들도 나왔다.

좋은 분위기는 곧 전염이 된다. 어두웠던 분위기가 살아나자 코칭스태프 역시 흐뭇하게 그 모습을 바라봤다.

하지만 몇몇 선수의 표정은 밝지 못했다.

그중 한 명이 데커였다.

1차전 실책에 이어 타격도 침체기에 빠졌다.

월드시리즈 2차전까지 7타석 무안타를 기록했다. 3차전은 아예 선발에서도 빠졌다. 좀처럼 탈출구를 찾지 못했다.

스스로에 대한 배신감이 너무나 컸다.

지금 상황에 스트레스를 받아 슬럼프는 더욱 깊어졌다.

자연스레 타격감은 나빠졌다.

게다가 코치, 그리고 감독에게 신뢰를 받지 못한다는 사실이 충격적이었다.

페넌트 레이스에서 데커는 좋은 성적을 올렸다.

타율 2할 9푼에 홈런은 21개를 때려냈다. 도루도 10개를 성공시켰다.

코치들도 자신을 신뢰했다.

최소한 스스로는 그렇게 생각했다.

'내가 잘했어야 했다.'

데커는 남에게서 이유를 찾는 못난 사람이 아니었다.

스스로에게서 이유를 찾았다.

그렇기에 이번 사태가 더욱 충격으로 다가왔다.

특히 오늘 경기에서도 그랬다.

충분히 점수가 벌어진 상황에서도 자신은 나가지 못했다.

더그아웃에서도 쉼 없이 연습을 하며 어필을 했는데도 말이다.

'내일도 나가지 못하는 걸까?'

자책을 하고 있던 그때였다.

타격 코치가 다가왔다.

"데커, 감독이 부른다."

"예."

호출이란 말에 한 가닥 희망을 가지고 감독실을 찾았다.

문을 열고 들어가자 감독이 기다리고 있었다.

"앉지."

"네!"

데커가 앉자 밀러와 투수 코치도 맞은편에 자리를 잡았다.

"오늘 푹 쉬었나?"

"……예, 잘 쉬었습니다."

"그럼 내일부터는 다시 경기에 나설 수 있겠군."

"예!!"

"코치, 데커의 상태는?"

"오늘 연습 배팅에서 매우 좋은 모습을 보여주었습니다. 1, 2차전에서 타격이 제대로 이루어지지 않았던 건 몸이 일찍 열리면서였습니다. 하지만 그건 실책으로 인해 자신감이 떨어져 그랬던 겁니다."

데커의 눈이 커졌다. 자신도 모르는 사이 폼이 바뀌었던 걸까? 코치의 말을 듣고 잘 생각을 해보니 몸이 일찍 열렸던 거 같기도 했다.

몸이 일찍 열리면 타격 타이밍이 어긋난다. 또한 공에 힘을 싣지 못한다.

"흠, 그럼 그게 다 고쳐졌다는 건가?"

"예, 이동을 하면서 휴식을 취했던 게 도움이 된 거 같습니다. 연습 배팅에선 이상을 찾을 수 없었습니다."

"그럼 4차전은 출전할 수 있겠군."

밀러의 시선이 데커에게 향했다.

"자네는 우리 팀에서 빼놓을 수 없는 타자야. 하지만 타격감이 떨어졌기 때문에 오늘 경기에서 제외를 했었네. 불만이 있었을 텐데, 더그아웃에서 열정적인 모습을 보여줘서 고맙네."

"아…… 아닙니다!"

"그럼 4차전에서 자네의 활약을 기대하겠네."

"예!"

데커가 환한 얼굴로 감독실을 나갔다.

문이 닫히고 둘만 남게 되자 밀러 감독이 코치에게 말했다.

"수고했어."

"별말씀을 다 하십니다. 그런데 괜찮겠습니까? 데커의 슬럼프는 폼이 아니라 정신에서 비롯된 건데. 내일 경기에서도 부진할 수도 있습니다."

"그래서 정신을 치료해 주지 않았나?"

코치가 고개를 끄덕였다.

데커 앞에서 저런 이야기를 했던 건 모두 계획된 것이었다. 그 계획은 밀러의 머리에서 나왔다.

'뭔가 변한 거 같아.'

2차전이 끝난 뒤부터 변했다.

가장 가까이에서 지켜봤기에 그걸 알 수 있었다.

그 이유까지는 모른다. 하지만 변한 것만으로도 충분히 팀에 도움이 되는 일이었다.

1차전 패배 이후.

영웅은 패배의 이유를 알기 위해 고심했다.

남들은 그 이유가 영웅에게 없다고 이야기했다.

실제 성적이 그것을 말해주었다.

비록 실점은 그의 기록으로 올라갔지만 그 장면을 본 사람들은 그의 탓이라는 평가를 하지 않았다.

그러나 영웅은 자신의 탓을 하고 있었다.

'데커의 실책으로 내 마음에 빈틈이 생겼어. 그로 인해서 안타를 맞은 거다.'

영웅은 남 탓을 잘 하지 않았다. 어렸을 때부터 그렇게 배워왔기 때문이다.

스스로에게서 문제점을 찾고 그것을 해결할 방법을 떠올렸다.

월드시리즈라고 다르지 않았다.

그는 스스로에게서 문제점을 찾아냈다.

"부동심을 잊어서는 안 된다."

잭이 했던 조언을 떠올렸다.

에이스는 어떤 순간에서건 정신이 흔들려선 안 된다.

동료의 에러가 나오더라도 단단하게 정신을 잡고 다음 타자를 잡아내면 될 일이다.

그게 실패했기 때문에 점수를 주고 말았다.

'부동심…… 부동심…….'

영웅은 호텔방에서 명상을 하며 자신이 명심해야 될 것을 떠올렸다.

다음 날.

월드시리즈 4차전이 열리는 다저스타디움에 만원 관중이 들어찼다.

다저스의 연고지이니만큼 홈팀을 응원하는 이가 압도적으로 많았다.

하지만 인디언스를 응원하는 이도 만만치 않게 많았다.

특히 한국인의 숫자도 많았다.

LA는 코리안 타운이 있을 정도로 한국 교민이 많이 거주하는 곳이다. 강영웅의 등판을 보기 위해 몰려드는 게 이상하지 않았다.

"플레이볼!"

경기가 시작됐다.

오늘 다저스의 선발은 클레이튼 커쇼였다.

1차전 승리를 가져갔던 그의 등판에 다저스 팬들이 열광했다.

뻐엉-!

"나이스! 아주 좋아!"

불펜에서는 영웅의 피칭이 한창이었다. 자신의 등판에 맞춰 충분히 어깨를 달궈주는 작업이었다.

딱-!

그라운드에서 경쾌한 소리가 났다.

하지만 타구는 높이 떴고 멀리 날아가지 못했다.

곧 외야수에게 잡히는 모습에 불펜 포수가 아쉽다는 듯 말했다.

"슬슬 준비해야겠다."

영웅이 작게 고개를 끄덕였다.

그 모습에 불펜 포수가 의아한 표정을 지었다.

'긴장했나? 평소와 조금 다르네.'

평소의 영웅이라면 대답도 시원시원하게 했을 거다. 하지만 오늘은 말수가 적었다. 분위기 또한 무거웠다.

월드시리즈 그리고 1차전에서 패배했기에 어떻게 보면 당연한 모습이었다.

'그래도 너무 긴장하면 좋지 않은데.'

한편으로 걱정이 들었다.

그사이 세 번째 아웃 카운트가 올라갔다. 단 하나의 안타도 내지 못한 인디언스 타선이었다.

"그럼 가 보겠습니다."

"화이팅!"

다시 고개를 끄덕인 영웅이 불펜의 문을 열고 나섰다.

"강영웅! 강영웅!"

"영웅아 힘내라!"

"한국에서 응원왔습니다!"

"오늘 기대할게요!"

관중석에서 응원이 쏟아졌다.

한국어로 된 응원을 미국에서 듣는 것도 익숙해졌다. 그렇다 해도 여전히 감동이었다.

평소라면 받아줬을 인사지만 오늘은 아니었다.

사실 귀에도 들어오지 않았다. 모든 정신을 경기에 집중하고 있기 때문이다.

"오늘 좀 무서운데?"

"그러게 말이야."

"평소와 분위기가 달라."

관중들도 그것을 느꼈다. 평소 영웅의 모습에는 여유로움이 있었다. 하지만 오늘은 작은 빈틈을 찾아보기도 힘들었다.

보는 것만으로도 그걸 느꼈다.

현장에 같이 서 있는 동료들. 그리고 같은 일을 하는 이들은 영웅의 상태를 자세하게 알 수 있었다.

'엄청난 집중력이군.'

'경기에 임하는 자세가 장난 아닌데?'

영웅이 메이저리그에 데뷔한 지 어느덧 3년 차.

그동안 이런 모습이 있었나 싶었다.

마운드에 도착한 뒤에도 영웅의 집중력은 끊기지 않았다.

연습 투구를 하는 모습에선 살기마저 느껴졌다. 가장 가까운 페르나 역시 영웅의 상태가 평소와 다르다는 게 느껴졌다.

'상태가 이상한데.'

그동안 보여주지 않았던 모습이다. 이런 경우 두 가지 결과가 나올 수 있었다.

'너무 긴장을 한 거라면 최악의 결과가 나올 수 있다. 하지만……'

만약 반대의 경우라면?

'일단 상황을 지켜봐야겠어.'

첫 타자가 관건이었다.

상대하는 데 어떤 모습을 보여주는지에 따라 자신의 행동을 결정해야 됐다.

그사이 연습 투구가 끝났다.

타석으로 타자가 다가왔고 영웅은 몸을 돌려 로진을 손끝에 묻혔다.

'집중…… 집중…….'

경기 시작 전.

약간의 흥분감이 몸을 지배하려 했다.

그것을 자제시키고 냉정함을 되찾기 위해 집중력을 끌어올렸다.

다시 마운드에 섰을 때.

마음속에는 그 어떤 미동도 없었다.

"플레이볼!"

경기가 시작됐다.

[월드시리즈 4차전, 1회 말 인디언스의 선발 투수 강영웅 선수가 마운드에 올라왔습니다. 1차전에서 호투를 했지만 패배를 했었죠?]

[그렇습니다. 단 1실점을 했지만 타선의 도움이 없어 패배 투수가 되고 말았습니다.]

[첫 월드시리즈 경험이었고 그 경기가 패배로 이어졌기 때

문에 정신적으로 대미지가 있을 것이다. 이렇게 예상하는 관계자들도 있었는데요.]

[그럴 수도 있습니다만 오늘 경기를 지켜보고 이야기를 해야겠죠.]

사인을 교환한 영웅이 와인드업을 했다.

[강영웅 선수 특유의 투구 폼인 트위스트 폼으로 공을 던질 준비를 합니다.]

비틀었던 상체와 허리를 회전시켰다. 작은 토네이도가 마운드 위에 돌풍을 일으켰다.

[초구 던집니다!]

그의 손을 떠난 공이 순식간에 홈 플레이트 위를 지나쳤다.

뻑-!

"스트라이크!!"

타자의 얼굴이 일그러졌다. 설마 한가운데에 꽂히는 공이라니. 예상치 못했다.

페르나 역시 마찬가지다.

'내가 원한 코스가 아니다.'

영웅의 스타일과 달랐다. 초구는 공격적으로 오면서도 신중하게 던졌다. 즉, 제구가 칼같이 잡힌 공이 대부분이란 소리였다.

지금 던진 공은 그것과 달랐다. 구속이 우선시되는 공이었다.

페르나의 생각이 맞았다는 걸 알려주기라도 하듯 전광판에는 101마일이 찍혀 있었다.

[강영웅 선수! 초구부터 101마일로 시작합니다!]

[이거 정말 놀랍네요. 강영웅 선수는 작년 시즌 100마일 이상의 공을 던진 것이 한 손에 꼽을 정도입니다. 한데 올 시즌에는 마음만 먹으면 100마일 이상의 공을 던지고 있습니다.]

사인을 교환한 영웅이 와인드업을 했다.

'이번에는 놓치지 않는다.'

방금 전 공은 빠르긴 했다.

하지만 그게 다였다.

아무리 빠른 공이라도 한가운데로 오는 공이라면 어떻게든 때릴 수 있다.

그렇기에 초구를 놓친 게 아쉬웠다.

'신중하게 갈 필요는 없어.'

분명 실투였다. 그 의미는 많은 걸 내포하고 있었다.

본래 실투가 잘 없던 투수다.

그런데 초구부터 그런 공을 던졌다는 건 긴장했다는 의미다.

그 이유도 알 수 있었다.

'1차전 패배의 영향이 지금까지 이어지고 있다는 거지.'

충분히 공략할 수 있다.

그때 영웅이 비틀었던 상체를 풀면서 공을 뿌렸다.

박자를 맞춘 타자가 스윙을 시작했다.

'어?'

그런데 공이 날아오지 않았다. 배트는 이미 홈 플레이트 위를 지나고 있는데 말이다.

부앙-!

배트가 애꿎은 바람을 갈랐다.

스윙이 끝난 뒤에야 날아온 공이 힘없이 미트에 꽂혔다.

퍽!

"스트라이크! 투!"

[헛스윙입니다! 말도 안 되는 헛스윙이 나왔습니다!]

결코 과장된 단어가 아니었다.

말도 안 되는 상황이었다.

메이저리그에서 이렇게 완벽히 타이밍을 뺏는 피칭은 잘 나오지 않는다.

그것도 월드시리즈에서 말이다.

말인즉슨 영웅이 그만큼 노련한 투구를 했단 의미다.

[강영웅 선수가 방금 던진 체인지 오브 페이스의 구속은 78마일이 나왔습니다. 초구와 무려 23마일의 차이를 보이고 있어요.]

㎞로 따지면 무려 37㎞ 차이다.

패스트볼이라고 판단했던 타자의 입장에선 때릴 수 없는 공이었다.

'제길…… 완전히 낚였다.'

초구도 왠지 실투가 아니었을 거란 생각이 들었다.

타석에서 물러나 생각을 정리했다.

일부러 보호 장구를 풀었다 다시 차면서 시간을 끌었다.

하지만 좀처럼 생각을 정리할 수 없었다.

이미 한 번 어긋났기 때문이다.

더 이상 시간을 끌다가는 구심에게 밉보일 수 있다.

구심 역시 사람이다. 밉보이면 어중간한 공에 스트라이크 콜이 나올 수 있다. 그걸 알기에 더 시간을 끌지 않았다.

다시 타석에 들어선 타자는 결단을 내렸다.

'일단 비슷한 공은 커트를 하면서 시간을 더 벌자.'

아무리 빠른 공이라도 커트만으로 한정한다면 가능했다. 그렇게라도 해서 시간을 벌어야 했다.

그때 영웅이 와인드업을 했다.

[3구 던집니다!]

대다수의 사람이 변화구를 던질 거라 예상했다.

이미 투 스트라이크로 유리한 카운트를 잡은 상황이었다.

월드시리즈라는 큰 경기이니만큼 무리를 하지 않을 거란 생각도 있었다.

하지만.

쐐애애액-!

영웅의 손을 떠난 공이 존 한복판으로 들어왔다.

타자도 놀랐고 지켜보던 중계진도 경악했다.

눈썰미가 좋은 관중들 역시 마찬가지다.

'한복판이라니……!'

부앙-!

'땡큐다!'

디자의 베트가 기침없이 돌아갔다.

커트만 할 생각이었지만 이런 공을 놓치는 건 죄악이었다.

그 순간이었다.

'어?'

가상으로 그려지는 궤적의 어긋남에 타자의 얼굴에 당혹

감이 나타났다.

'설마······!'

한 가지 구종이 머릿속을 맴돌았다.

'라이징!'

라이징 무브먼트를 그리는 포심 패스트볼.

간단히 말하면 공에 강한 스핀이 들어가 중력의 영향을 상쇄시키는 현상을 가진 공이다.

영웅이 자주 던지는 구종 중 하나였다.

뻐억-!

배트가 공의 밑동을 지나쳤다.

건들지도 못하고 배트는 허공을 갈랐다.

"스트라이크!! 아웃!"

[삼구 삼진! 첫 타자를 깔끔하게 잡아내는 강영웅 선수입니다!]

[이야-! 매우 빠른 승부가 좋은 결과로 이어졌습니다.]

설마 세 번째 공에 승부가 들어올 줄이야.

타자가 허탈한 표정으로 더그아웃으로 돌아갔다.

때마침 타석으로 들어서는 동료에게 나지막이 정보를 주었다.

"평소와 달라. 과거의 데이터에 너무 얽매이지 마."

"그래?"

"응, 그리고 승부를 좀 서두르는 모습도 있다. 정면 승부를 택하는 거 같으니까 기다리는 공이 오면 바로 승부를 걸어."

"오케이."

타석에서 모아두었던 정보를 모두 건넸다.

아마 자신처럼 쉽게 승부를 끝내진 못할 것이다.

그렇게 판단을 내리고 장비를 정리한 뒤 벤치에 앉으려던 그때였다.

빠억-!

"스트라이크! 투!!"

"뭐?"

그라운드에서 들려오는 소리에 고개를 돌렸다.

타석에서 자세가 무너져 주저앉아 있는 동료가 보였다.

'저렇게까지 자세가 무너지다니?'

최고의 선수들이 모인 메이저리그다.

자세가 무너지는 일은 좀처럼 나오지 않는다.

이상함에 옆에 있던 동료에게 물었다.

"무슨 일이 벌어진 거야?"

"패스트볼을 기다리다 스윙을 했는데 커브가 들어왔다. 타이밍이 뺏긴 상황에서 무리하게 공을 때리려다가 자세가 무너졌어."

똑같았다.

자신도 초구 빠른공을 보고 2구 체인지 오브 페이스에 완벽히 타이밍을 뺏겼다.

'이번에 택한 공은 커브냐?'

자신에게 던졌던 공은 체인지업이었다.

체인지 오브 페이스는 특정 구종을 이야기하는 게 아니다.

타자의 타이밍을 뺏는 모든 공을 지칭하는 단어다.

"히야, 그나저나 오늘 머리 좀 아프겠다. 초구에도 커브를 던졌는데 2구도 연속 커브라니."

"뭐?"

"뭐야? 못 봤어? 초구에도 80마일짜리 커브를 던졌잖아."

이건 달랐다.

설마 연달아 커브를 던졌다니?

생각지 못한 볼 배합이었다.

그간 쌓인 영웅의 데이터에서도 볼 수 없는 모습이었다.

다저스 코치진 역시 혼란스럽기 마찬가지다.

야구는 데이터 경기라 불릴 정도로 수많은 데이터를 활용하는 스포츠였다.

강영웅 같은 특급 투수라면 정밀 조사를 한다. 본인조차 모르는 버릇을 찾아내는 게 상대 팀이었다. 볼 배합에 관련해서도 당연히 많은 정보와 조사, 그리고 연구가 있었다.

하지만 이랬던 적은 없었다.

'아니, 딱 한 번 있었지.'

뻐억-!

"스트라이크!! 아웃!"

[또다시 삼구 삼진입니다!]

이번에 던진 공은 100마일의 빠른 공이었다.

무려 20마일의 구속 차이였다.

타자의 체감 속도는 더 클 게 분명했다.

다저스의 로버트 감독은 영웅의 데이터를 바라봤다.

'과거 체력에 문제가 생겼을 때, 딱 한 번 맞혀 잡는 피칭

으로 갔던 때가 있었다.'

당시의 경기는 매우 인상적이었다.

파워 피처로만 생각됐던 영웅의 다른 모습을 볼 수 있었으니 말이다.

이후에는 그런 모습을 좀처럼 볼 수 없었다.

주는 정면 승부를 하는 모습이었고 간간히 약점을 만들 때나 이런 모습을 보여주었다.

하지만 지금은 아니었다.

'두 개의 조화가 잘 이루어지고 있다. 이전에는 볼 수 없던 모습이야.'

당시 로버트 감독은 그렇게 생각했다.

만약 영웅이 두 가지 모습을 잘 조화해서 공을 던진다면 한 단계 더 성장할 수 있을 거라고 말이다.

'하필이면 오늘 경기에서 저런 모습을 보여주다니.'

입맛이 썼다.

딱-!

[타구 높게 떠오릅니다!]

하늘 높이 떠오른 타구는 곧 힘을 잃고 떨어지기 시작했다.

중견수가 산책을 하듯 앞으로 달려 나왔다. 자리를 잡고 글러브를 뻗사 안으로 공이 빨려 들어왔다.

퍽-!

[세 번째 아웃 카운트가 올라갑니다!]

한 이닝을 지우는 데 필요한 공은 단 7개에 불과했다.

마운드를 내려가는 영웅의 모습을 보던 로버트 감독이 주먹을 불끈 쥐었다.

승부욕이 발동한 것이다.

감독이라 하더라도 한때는 현장에서 뛰던 선수들이다.

나이가 들었어도 그때의 승부욕이 사라지진 않았다.

'반드시 공략하겠어.'

어려운 상대를 만날수록 승부욕은 더 커지는 법이었다.

그리고 그 상대를 굴복시켰을 때 느끼는 희열은 이루 말할 수 없었다. 느껴보지 못한 사람은 결코 알 수 없는 희열이다.

로버트 감독의 눈이 승부욕에 불탔다.

2장
집중력을 높여라

　더그아웃으로 돌아온 영웅은 홀로 벤치에 앉았다.

　평소라면 동료들과 이런저런 이야기를 나누었을 그였지만 오늘은 아니었다.

　동료들 역시 평소와 다르다는 걸 눈치챘다.

　접근을 하기 어려웠다.

　집중력이 높다 못해 비장함까지 느껴졌다.

　'집중…… 집중…….'

　영웅은 눈을 감고 정신이 흐트러지지 않게 집중력을 끌어올렸다.

　2회.

　커쇼와 영웅은 각각 삼자범퇴로 이닝을 마감했다.

　탈삼진 기록이 4개로 불어났다.

3회 역시 삼자범퇴 이닝이 이어졌다.

마운드 위에서 공을 던지는 두 투수의 집중력은 그 어느 때보다 높았다.

마치 경쟁이라도 하듯 아웃카운트를 챙겨가는 두 사람의 피칭에 사람들은 열광했다.

"강영웅! 강영웅!"

"커쇼! 커쇼!"

여기저기서 그들의 이름을 연호했다.

전광판에 0이란 숫자가 변하지 않고 계속 남았다.

[4회 초! 클레이튼 커쇼가 마운드에 올라옵니다! 현재까지 퍼펙트 피칭을 이어가고 있는 커쇼 선수입니다!]

[수준급의 커브와 슬라이더, 그리고 포심 패스트볼의 조합이 매우 잘 되고 있습니다. 역시 리그 정상의 투수라고 할 수 있습니다.]

딱-!

[파렐 선수! 커브를 때렸습니다. 하지만 높게 떠오른 타구 내야를 벗어나지 못합니다!]

퍽-!

"아웃!"

[레인보우 커브가 매우 잘 들어가고 있습니다. 특히 커브 직전에 던지는 슬라이더가 타자들을 현혹시키고 있어요.]

커쇼는 영리하게 피칭을 이어갔다. 레인보우 커브라 불리는 공이 그의 주 무기였지만 거기에 집착하지 않았다.

마치 카멜레온처럼 매 이닝 변화를 추구했다. 그리고 그 모습은 영웅에게서도 찾을 수 있었다.

뻐억—!

"스트라이크! 아웃!"

[4회 말! 첫 타자를 삼진으로 처리하는 강영웅 선수입니다! 이번 이닝 던진 5개의 공이 모두 90마일 후반 이상의 빠른 공들이었습니다!]

[기본적으로 포심 패스트볼 그립을 활용하는 거 같지만 공의 무브먼트를 보고 있자면 하나 같이 다른 공이다. 이렇게 말할 수 있을 거 같습니다.]

[미국에서도 강영웅 선수의 무브먼트에 주목을 하고 있지 않습니까?]

[그렇습니다. 메이저리그 데뷔시즌부터 무브먼트는 정평이 나 있습니다. ESPN에서 강영웅 선수에게 붙여준 별명 중 하나가 바로 무브먼트 마스터 아니겠습니까?]

[표현이 재미있네요.]

[그만큼 공의 무브먼트가 다르다는 걸 의미하는 게 아닌가 싶습니다.]

과거 메이저리그를 대표했던 그렉 매덕스를 연상케 하는 무브먼트란 기사가 자주 나오는 이유였다.

여기까지는 평소와 같다.

영웅은 거기에서 한 가지 더 발전을 했다.

[두 번째 타자를 상대로 2구 던집니다!]

그의 손을 떠난 공이 큰 포물선을 그리며 날아왔다. 초구는 100마일에 육박하는 포심 패스트볼이었다.

한데 2구에서 80마일의 느린 공이 날아오니 타이밍이 어긋날 수밖에 없었다.

딱-!

[빗맞은 타구! 힘없이 굴러오는 공을 잡은 파렐 선수! 안정적으로 1루에 던집니다!]

퍽-!

"아웃!"

[투 아웃! 강영웅 선수, 오늘 맞혀 잡는 피칭을 매우 자주 보여주네요.]

[매우 좋은 현상입니다. 1차전에서도 정면 승부 위주로 승부를 걸다 점수를 내줬습니다. 하지만 유인구로 배트를 이끌어 내면 타구에 힘이 실리지 못하기 때문에 에러가 나올 확률도 매우 줄어듭니다.]

거기서 끝이 아니었다.

영웅은 매 이닝 던지는 공의 코스를 달라지게 했다.

원래 컨트롤이 좋던 영웅이다.

극도의 집중력까지 더해지니 평소보다 더 칼 같은 제구력을 손에 얻게 됐다.

덕분에 타구의 방향까지 어느 정도 조절할 수 있게 됐다.

타구의 방향을 조절하는 건 사실 어렵지 않았다.

투수가 공을 던지는 위치에 따라 타자가 힘을 전달할 수 있는 방향은 정해져 있다.

백퍼센트라고 할 수는 없다.

미숙한 타자들이라면 힘의 전달을 제대로 하지 못할 수도 있기 때문이다.

하지만 여기는 메이저리그다.

톱클래스의 수준에 오른 타자들이 기본적인 실수를 할 리가 없었다.

더 멀리 강하게 타구를 보내기 위해 힘을 제대로 실으려 노력한다.

그렇기 때문에 타구의 방향을 예측할 수 있는 것이다.

수비 쉬프트 역시 좋은 예시 중에 하나였다.

영웅은 그 데이터를 기반으로 타구의 방향을 결정지을 수 있게 공을 던졌다.

결과는 성공적이었다.

수비에게 공이 가더라도 안정적으로 잡을 수 있는 코스로 날아갔다.

따악―!

[바깥쪽으로 휘어 나가는 슬라이더를 때렸습니다! 하지만 제대로 힘이 실리지 않은 타구입니다. 안정적으로 잡은 박형수 선수! 베이스를 터치합니다. 쓰리 아웃!]

4회 역시 무실점으로 막아낸 영웅이 마운드를 내려왔다.

로버트 감독은 영웅의 피칭을 유심히 지켜봤다.

타자일순이 됐다.

그 뒤에도 영웅은 여전히 두 가지 타입을 동시에 보여주고 있었다.

'거기다가 컨트롤까지 칼 같다.'

평소에도 뛰어난 선수다. 한데 지금 모습은 그것을 뛰어넘고 있었다.

'어떻게 저런 모습이 나오는 거지?'

페넌트 레이스라면 이해할 수 있다.

하지만 지금은 월드시리즈다. 게다가 영웅은 200이닝 후반을 던진 선수다. 지쳐 있는 게 당연했다.

'지치지 않았다?'

고개를 저었다. 그 어떤 선수라도 시즌 후반이 되면 지치게 마련이다. 과거 메이저리그를 호령했던 정찬열 역시 그랬다.

매 시즌 새로운 모습을 보여준 그였지만 체력의 한계는 많이 노출을 했다.

포수라는 포지션이기 때문이다. 흔히 포수가 야구에서 가장 많은 체력을 소비한다고 이야기한다.

맞는 말이다.

하지만 매 경기 7이닝 이상, 거기에 100마일에 육박하는 강속구 투수라면 이야기가 달라진다.

그들의 체력 소모는 일반인의 상상을 초월할 정도다. 인간의 한계를 초월한 공을 던지기 위해 그들의 몸이 받는 압박은 대단한 것이었다.

영웅이 딱 그런 타입이다.

실제 시즌 후반에는 지친 모습을 자주 노출했다. 디비전,

챔피언십 시리즈에서도 마찬가지였다.

그런데 월드시리즈에 와서 갑자기 체력이 회복된다?

'일시적일 수는 있다. 아드레날린이 과도하게 분비가 되면 체력 소모를 느끼지 못할 수도 있어.'

하지만 아드레날린은 높은 흥분에서 나오는 것이었다.

또한 이렇게 오래 지속될 수가 없다. 아드레날린이 과도하게 분비가 되면 사람은 피로를 느끼지 못하게 된다.

평소보다 집중력도 높아지면서 일의 효율도 늘어난다.

하지만 그로 인한 반발도 높았다. 일명 번아웃이라 불리는 현상이 일어나는 것이다.

엘리트 운동인 중에는 아드레날린이 분비되는 시간이 긴 이들도 있었다.

하지만 벌써 1시간이 넘어가는 경기 시간 동안 이어진다는 건 상식적으로 납득이 되지 않았다.

'머리 아프군.'

좀처럼 답을 찾아낼 수 없었다.

그때 불현듯 한 가지 방법이 머리를 스치고 지나갔다.

'그 방법을 써봐야겠어.'

로버트는 곧장 사인을 내보냈다. 그 사인이 향하는 곳은 포수였다. 사인을 받은 포수는 곧장 볼배힙을 변경했다.

"타임!"

타임을 요청하고 자리에서 일어난 포수가 장비를 다시 착용했다.

[장비가 헐렁했나 보군요.]

곧 정비를 끝낸 포수가 자리에 앉았다. 그리고 사인을 냈다. 좀처럼 커쇼의 고개가 끄덕여지지 않았다.

[사인의 교환이 길어집니다.]

그간 빠른 템포로 경기가 진행이 됐다.

갑자기 느려진 템포에 관중들이 수군거리기 시작했다.

사실 의도된 지연이었다. 로버트 감독은 영웅의 높은 집중력이 호투의 이유라고 판단을 내렸다.

그 집중력을 깨기 위해선 다양한 방법이 있다.

그중에 하나가 휴식시간을 길게 만드는 방법이었다.

'퍼펙트나 노히트를 기록 중이던 투수들이 갑자기 난타를 맞는 경우가 있다. 대부분 직전 동료들의 공격이 길어지면서 집중력이 깨졌기 때문에 나타나는 현상이었다.'

데이터가 그렇게 이야기하고 있었다.

하지만 우려도 있는 작전이었다.

템포가 빠른 경기는 영웅에게도 좋지만 커쇼에게도 좋은 상황이었다.

만약 사인이 길어지고 경기 시간이 길어지면 커쇼의 집중력이 깨질 가능성도 있었다.

'커쇼는 괜찮을 거다.'

하지만 로버트는 커쇼의 집중력을 믿었다. 그동안 봐온 클레이튼 커쇼란 투수는 이 정도의 일로 집중력이 깨질 정도로 약한 선수가 아니었기 때문이다.

커쇼에 대한 강한 믿음이 있기에 할 수 있는 일이었다.

한편.

인디언스 벤치에서도 점점 경기가 이상해지고 있다는 걸 눈치챘다.

모두들 높은 레벨의 선수다. 상대방의 작전을 눈치채는 건 어렵지 않았다.

영웅 역시 마찬가지였다.

'상대쪽에서 내 집중력을 깨기 위해 작전을 걸었다.'

차분한 그의 시선이 그라운드를 향했다.

커쇼 역시 감독의 작전을 깨달은 듯 마운드 위에서 조금씩 시간을 끌고 있었다.

선수단 전체가 움직여 자신의 좋은 흐름을 깨기 위해 압박을 걸고 있었다.

'내 생각이 맞았다는 반증이다.'

영웅의 입가에 미소가 그려졌다. 상대방이 이런 작전까지 쓸 정도라면 자신의 투구에 압박감을 받고 있다는 의미다.

'난 그동안 너무 하나의 공에만 매달렸다.'

그동안의 기록이 말해주고 있었다.

무브먼트가 다르다고는 하지만 영웅이 던지는 공의 약 70퍼센트가 포심 패스트볼이었다.

변화구의 비율은 그보다 적었다. 또한 어떤 상황에서건 정면 승부를 고집했다. 나쁘다는 건 아니다.

하지만 상황에 따라 변화를 줘야 할 때가 분명 있었다.

그럴 때도 정면승부를 고집해 맞아 나가는 일이 잦았다. 페넌트 레이스라면 감당할 수 있는 일들이다.

그러나 월드시리즈는 다르다.

월드시리즈이기 때문에 더욱 집중해서 타자들을 요리했어야 했다.

그것을 깨달은 영웅은 오늘 경기 전부터 정신 집중에 많은 시간을 할애했다.

경기 전날부터 시작된 명상은 그의 정신을 맑게 했고 집중력을 끌어올렸다.

그 결과 다양한 상황에서 여러 답이 떠올랐다.

예전에는 어떤 상황에서건 힘으로 몰아붙였지만 오늘은 달랐다. 타자를 더욱 세밀히 관찰하고 그라운드 전체를 둘러보면서 자신이 원하는 공을 던졌다.

결과가 좋다는 건 다저스의 작전만 보더라도 알 수 있었다.

'내 집중력은 이 정도로 깨지지 않아.'

영웅은 눈을 감으며 더욱 집중력을 끌어올렸다.

딱-!

[높게 떠오른 타구가 2루수에게 잡힙니다! 길었던 5회 초 다저스의 수비가 끝났습니다.]

5회 말.

영웅이 다시 마운드에 올라왔다.

중계에서는 길었던 공격 탓에 집중력이 깨지지 않았나 걱정을 했다.

하지만 카메라에 잡힌 표정은 평소와 같았다.

첫 번째 타자가 타석에 섰다. 4번 타자. 한 방이 있는 선수였다.

'배트를 짧게 쥐었다.'

영웅은 집중력을 끌어올려 타자를 체크했다. 여러 정보가 머리에 들어왔다.

페르나가 사인을 냈다.

'슬라이더, 바깥쪽.'

고개를 저었다. 원하는 공이 아니었다.

'이번 이닝에서 확실히 보여줘야 한다.'

다저스 선수단도 어렴풋이 느꼈을 거다.

5회 초 수비가 길어진 의미를 말이다.

선수에 따라서는 자존심이 상할 수도 있는 작전이었다.

정면 승부가 아닌 꼼수를 부린 거라고 생각할 수도 있다.

영웅은 그 부분을 파고들 생각이었다.

'포심 패스트볼.'

그러기 위해 직접 사인을 냈다.

고심을 하던 페르나가 고개를 끄덕였다.

영웅이 상체를 폈다.

[초구 던집니다!]

밀러와 로버트 감독의 시선이 그에게 향했다.

'초구가 중요하다.'

'초구를 보면 알 수 있어.'

두 사람은 같은 생각을 하고 있었다.

하지만 바라는 건 달랐다.

'집중력이 유지됐기를!'

'집중력이 깨졌을 거다!'

상체를 비튼 영웅이 빠르게 회전을 시작했다. 작은 태풍이 마운드 위에 몰아쳤다. 태풍을 뚫고 휘둘러진 팔이 채찍처럼 공을 때렸다.

쐐애애애액-!

매서운 회전과 함께 날아오는 공에 타자의 스윙이 시작됐다.

몸 쪽을 파고드는 날카로운 공이었다.

'몸에 너무 붙었다!'

그렇게 판단을 내린 순간 손목에 모든 힘을 집중시켰다.

스윙을 멈춘 것이다.

직후 공이 홈 플레이트 위를 지나갔다.

뻑!

"스트라이크!!"

마지막 순간 공이 휘었다. 마치 뱀처럼 움직이는 공을 볼 수 있었다.

타자의 얼굴이 일그러졌다.

'그 순간에 휘어버리다니…….'

당황한 건 로버트 감독 역시 마찬가지였다.

'좋은 공이다…….'

그리고 한 가지를 확신할 수 있었다.

'집중력은 깨지지 않았다.'

분명 위기였다.

하지만 관중들은 알아차리지 못했다. 경기를 치르다 보면 비일비재하게 일어난다. 그라운드 위의 선수들만 느낄 수 있는 위기를 말이다.

위기를 넘긴 영웅은 더 강해졌다.

그가 던지는 공은 총알처럼 공간을 가로질렀다. 타자들의 배트는 번번이 허공을 가를 수밖에 없었다. 간혹 맞혀도 정타는 나오지 않았다.

그렇게 굴러간 공은 영웅이 원하는 곳으로 향했다. 뛰어난 컨트롤, 묵직한 구위, 그리고 그라운드 전체를 살펴보는 눈까지 있기에 나올 수 있는 신기였다.

뻑—!

"스트라이크! 아웃!"

[삼진입니다! 7회 역시 퍼펙트로 이닝을 마감합니다!]

7이닝 퍼펙트게임.

완벽한 기록에 관중이 들끓기 시작했다. 야구 관계자들 역시 기대감을 감추지 않았다.

월드시리즈 퍼펙트게임.

메이저리그 역사상 단 한 번밖에 나오지 않았던 대기록이다.

1956년 10월 8일.

뉴욕 양키스와 현 LA 다저스의 전신인 브루클린 다저스의 월드시리즈 5차전.

그 경기에서 뉴욕 양키스의 투수 돈 라센은 브루클린 다저스의 타선을 잠재웠다.

현재까지 전무후무한 기록으로 남은 월드시리즈 퍼펙트게임을 달성한 것이다.

수많은 사람이 그 기록은 깨지지 않을 것이라 생각했다.

불가능할 거라 평가했다.

한데 그 기록에 도전하고 있었다.

팡—!

"스트라이크! 아웃!!"

[8회 초! 첫 타자를 삼진으로 처리하는 클레이튼 커쇼입니다!]

그것도 한 명이 아닌 두 명의 선수가 말이다.

[마치 경쟁이라도 하듯 두 투수가 연속해서 아웃 카운트를 올리고 있습니다.]

수많은 명경기가 등장했던 2022시즌이다.

그러나 한 경기를 뽑으라면 오늘 경기를 뽑을 것이다.

기자석이 앉아 있는 모든 기자가 같은 생각이었다.

'대단해······.'

오영태는 감탄을 금치 못했다.

한 선수가 퍼펙트게임을 진행하고 있어도 놀라운 일이다.

한데 두 사람이 기록에 도전 중이었다.

오늘 경기는 역사에 남을 것이다.

그리고 자신은 그 역사에 남을 경기를 두 눈으로 보고 있었다.

묘한 희열이 전신을 맴돌았다.

'누가 이길까?'

오늘 경기는 팀의 승리가 아니었다.

클레이튼 커쇼.

강영웅.

두 위대한 투수의 승리로 기록될 가능성이 컸다.

딱!

빠르게 날아가는 타구를 2루수가 안정적으로 잡아냈다.

동시에 몸을 회전하며 정확히 1루로 던졌다.

픽!

"아웃!"

두 번째 아웃 카운트가 올라갔다.

정규 이닝도 곧 끝이 난다.

한데 누가 이길지 알 수 없는 상황이었다.

'연장전으로 이어지면 안 되는데…….'

9이닝 퍼펙트를 기록하고 승부가 갈리면 그 선수는 역사
에 남는다.

하지만 연장전으로 넘어갔다가 강판 혹은 퍼펙트게임이
깨진다면 역사에는 남지 않는다.

입을 통해 전해지기는 하겠지만 공식 기록은 아니다.

그걸 원하는 사람은 없었다.

완벽한 경기이기에 더더욱 역사에 남기를 원했다.

뻑-!

"스트라이크!! 아웃!"

세 번째 아웃 카운트가 올라갔다.

8이닝 퍼펙트.

클레이튼 커쇼 역시 최고의 피칭을 선보이며 월드시리즈 4차전을 빛내고 있었다.

'투구 수가 79개.'

7이닝 79구.

완벽하다 할 수 있었다.

빠른 승부와 유인구로 얻어낸 성과다.

'이번 이닝이 중요하다.'

마운드로 향하는 영웅의 머리에 그런 생각이 들었다.

그라운드 위의 공기가 달랐다. 본능적으로 승부처라는 걸 느낄 수 있었다.

대기 타석에서 배트를 돌리고 있는 타자의 기세도 심상치 않았다. 그 너머로 보이는 다저스의 더그아웃도 분주했다.

'대타가 나올 가능성도 있다.'

분위기 전환을 위한 당연한 선택이었다.

'눌러야 한다.'

다저스는 이번 이닝에 승부수를 던질 생각이다.

그 사실은 그라운드 위에 있는 모든 선수가 간파했다.

자연스레 긴장할 게 분명했다.

변수가 될 수 있었다.

반대로 이번 이닝을 완벽하게 틀어막는다면?

긴장이 풀리면서 분위기는 단숨에 인디언스로 넘어올 가능성이 컸다.

거기까지 생각을 정리한 영웅이 마운드에 섰다. 로진을 손끝에 묻힌 그가 크게 한숨을 쉬었다.

뒤이어 타자가 배터 박스에 들어왔다.

"플레이볼!"

구심의 신호와 함께 페르나가 움직였다.

하지만 그가 사인을 내기 전에 영웅이 손가락으로 모자챙을 건드렸다.

그리고 손가락을 움직여 어깨와 팔뚝을 터치했다.

페르나는 잠시 고민을 하다 고개를 끄덕였다.

그 역시 그라운드의 분위기를 읽을 수 있는 수준의 선수였다.

또한 영웅과 같은 생각을 했다.

그가 한 일은 그저 코스를 정하는 것이었다.

그 모습을 바라보는 인디언스의 더그아웃이 술렁였다.

"괜찮을까요?"

배터리 코치가 물었다. 영웅과 페르나기 교환한 사인을 가장 잘 알기 때문이다.

질문을 받은 밀러는 고개를 끄덕였다.

"그라운드 위에서 느낄 수 있는 공기가 있는 법이지. 생각이 있어서 하는 걸 테니 너무 걱정하지 말게."

"알겠습니다."

밀러는 영웅과 페르나를 믿었다.

'실패하면 내가 책임지면 된다.'

그게 감독이 해야 될 일이다.

광적인 집착을 버린 밀러는 과거 지도자를 택했을 때의 마음가짐을 되찾았다.

그때 영웅이 와인드업을 했다.

그의 손에서 뿜어져 나간 초구가 매서운 속도로 날아갔다.

타자의 배트도 돌아갔다. 패스트볼을 노린 듯 두 개의 궤적이 하나가 되어갔다.

딱-!

경쾌한 소리가 났다.

하지만 타구는 3루 쪽 관중석에 떨어졌다.

"파울!"

[초구 파울입니다.]

[97마일의 빠른 공을 잘 때려냈습니다.]

배트가 밀렸다. 구위가 여전히 살아 있음을 보여주는 대목이었다.

영웅은 쉴 틈을 주지 않고 2구를 던졌다.

생각보다 빠른 타이밍에 날아오는 공에 이번에도 스윙이 늦었다.

딱-!

"파울!"

[이번에도 파울입니다. 투 스트라이크!]

빠른 템포로 던지면서도 공의 구위나 제구가 흔들리지 않았다. 오히려 이전의 공들보다 구위가 묵직해졌다. 타자의 배트가 번번이 늦는 이유 중 하나였다.

'다음에는 변화구가 오겠지.'

평소라면 영웅이 빠른 승부를 들어올 수 있다고도 생각할 수 있다.

하지만 오늘은 달랐다.

스트라이크 투를 잡으면 번번이 변화구로 유인을 해왔다. 때로는 변화구를 던져 존에 넣기도 했다.

그러다 보니 타자들의 머릿속에는 변화구를 잘 던진다는 인식이 박혔다.

그리고 그 사실은 영웅도 알고 있었다.

와인드업을 한 영웅의 손에서 공이 뿜어져 나갔다.

쐐애애액─!

공이 패스트볼의 궤적을 그렸다.

'스플리터?'

영웅의 스플리터는 패스트볼처럼 내려오다 뚝 떨어진다.

빠른 구속을 지닌 영웅이기에 그 효과는 탁월했다.

타자는 이번 공도 스플리터로 판단했다. 앞서 던진 두 개의 공이 모두 포심 패스트볼이었으니 말이다.

'여기서 떨어진다!'

그렇기에 스윙의 궤적이 아래에서 위로 올라왔다.

일명 어퍼스윙이다.

공을 높게 띄우면서 힘을 제대로 실을 수 있는 타격법이었다.

단점은 히팅 포인트가 점이라는 것이었다.

즉, 정확히 힘을 실어 때릴 수 있는 포인트가 적었다.

하지만 이번에는 타이밍이 완벽했다.

공이 떨어진다면 말이다.

한데 공이 떨어지지 않았다.

'어?'

아차 하는 순간에 공이 그대로 홈 플레이트 위를 지나갔다.

부앙-!

직후 배트가 허공을 갈랐다.

뻐억!

"스트라이크! 배터 아웃!"

[삼진입니다! 8회 첫 번째 아웃 카운트를 헛스윙 삼진으로 잡아내는 강영웅 선수입니다!]

[패스트볼! 패스트볼! 그리고 다시 패스트볼로 타자를 요리했어요!]

첫 타자에게 던진 3개의 공은 모두 포심 패스트볼이었다.

정말 예상 밖의 볼 배합이었다.

오늘 영웅이 한 타자에게 패스트볼 3개를 연달아 던진 건 한 번도 없었다. 모두 변화구를 섞어 던지며 노련미를 선보였다.

때문에 갑자기 루키가 된 듯 패기 넘치는 피칭에 타자는 그대로 당할 수밖에 없었다.

두 번째 타자 역시 마찬가지였다.

'세 개 모두 패스트볼이라고? 머리 잘 굴렸군.'

이번에는 변화구의 빈도를 높일 것이다.

정상이라면 분명 그렇게 해야 했다.

그런데.

뻑-!

"스트라이크!"

[초구 97마일의 빠른 공입니다!]

딱-!

"파울!"

[2구 뒤로 날아가는 파울! 이번에도 96마일의 구속이 찍힙니다!]

"흡!"

강한 기합 소리와 함께 던진 3구가 그대로 홈 플레이트 위를 지나쳤다.

그 밑을 배트가 지나갔다.

뻑!

부앙-!

"스트라이크! 배터 아웃!"

[삼구삼진! 이번에도 3개의 빠른 공을 연달아 던져 타자의 허를 찔렀습니다!]

순식간에 두 개의 아웃 카운트를 잡았다.

퍼펙트게임까지 단 4개의 아웃 카운트만이 남은 상황.

그 기록을 깨기 위해 다저스에서는 대타 카드를 내밀었다.

[LA 다저스 대타입니다! 올 시즌 33개의 홈런을 때려냈던

갈버트 선수입니다.]

　[다리 부상을 입어서 주루를 하지 못하지만 타격에는 문제가 없습니다. 강영웅 선수가 조심해야 될 선수예요.]

　대타가 나왔지만 영웅은 망설임이 없었다.

　빠르게 사인을 교환하고 공을 뿌렸다.

　"흡!"

　이번에도 기합 소리가 그라운드를 울렸다.

　갈버트는 직전 타선의 상황을 떠올리며 패스트볼을 노리고 스윙을 시작했다.

　'맞았……!'

　변화가 없는 공에 회심의 미소를 지으려는 순간.

　공이 밑으로 뚝 떨어졌다.

　스플리터였다.

　급하게 무릎을 굽혔지만 다리에는 부상이 있었다.

　민첩한 움직임을 보여줄 순 없었다.

　딱-!

　크게 원 바운드가 된 공을 유격수 파렐이 낚아채듯 잡아냈다.

　그리고 곧장 1루로 뿌렸다.

　퍽!

　"아웃!"

　[세 번째 아웃 카운트는 단 한 개의 공으로 처리합니다!]

　8회.

　완벽하게 영웅의 손에서 놀아난 다저스 타선이었다.

수비가 끝나자 밀러 감독이 한 선수에게 다가갔다.

다름 아닌 데커였다.

타격감이 떨어지면서 타순이 8번까지 떨어진 그였다.

컨디션은 좋았다.

그런데 상대가 퍼펙트게임을 진행 중이었다.

아쉬울 따름이었다.

스스로도 많은 실망을 하고 있었다.

"데커."

감독의 부름에 데커가 그를 바라봤다.

경기 중 감독이 직접 찾아온 것은 이번이 처음이었다.

"지금까지 타구가 모두 좋았다. 앞선 타석들의 감각대로 타격을 하면 돼."

그러면서 데커의 어깨에 손을 둘렀다.

"첫 번째 타석에서 네가 보낸 타구는 좌익수의 호수비에 잡혔다. 하지만 좌익수는 방금 전에 교체됐다."

다저스의 좌익수는 조엘이었다. 발이 빠르고 수비 범위가 매우 넓은 선수였다.

하지만 8회 말에 갈버트로 교체가 됐다.

갈버트는 다시 라오스로 바뀌었는데 전체적으로 조엘에 비해 능력이 떨어지는 선수였다.

"만약 이번에도 비슷한 코스로 보낼 수 있다면 안타가 될 거다."

밀러의 자세한 설명에 데커의 고개가 끄덕여졌다.

그의 생각이 옳다고 생각하는 부분도 있었다.

그러나 더 큰 것은 감독이 자신의 플레이를 세심하게 보고 있다는 부분이었다.

그것만으로도 선수는 자신감을 가질 수 있었다.

특히 데커처럼 슬럼프에 빠져 있던 선수라면 더더욱 말이다.

"다녀오겠습니다."

"그래."

팡-!

밀러가 데커의 등을 가볍게 쳤다.

대기 타석에 들어선 데커는 커쇼의 피칭을 유심히 살폈다.

'9회가 됐으니 구위는 전체적으로 떨어졌다. 하지만 제구는 여전히 살아 있어.'

대단한 선수였다.

리그 최고의 투수라는 호칭이 아깝지 않았다.

'3회 내가 때렸던 공은 커브였다. 같은 코스를 노린다면 이번에도 커브를 노려야 한다.'

다행스러운 건 제구력 위주 피칭을 하면서 커브의 사용 빈도가 높아졌다는 거다.

딱-!

그때 경쾌한 소리가 났다.

하지만 타구는 멀리 가지 못했다.

중견수에게 안정적으로 공이 잡혔다.

"후우!"

크게 한숨을 뱉은 데커가 타석으로 걸어갔다.

[가볍게 원 아웃을 잡는 커쇼입니다. 다음 타자는 8번 데커 선수입니다.]

[페넌트 레이스에선 좋은 활약을 보여주었던 데커 선수인데요. 월드시리즈에선 실책 이후 이렇다 할 활약을 보여주지 못하고 있습니다.]

[압박감에 짓눌린 걸까요?]

[그렇게 볼 수 있겠죠.]

타석에 들어선 데커는 침착하게 준비를 했다.

평소대로 루틴을 거친 뒤 타격 자세에 들어갔다.

앞서와 달라진 게 없었다.

포수가 사인을 내고 커쇼가 고개를 끄덕였다.

와인드업과 함께 뿌린 공의 궤적이 큰 포물선을 그리며 날아왔다.

노림수는 정확히 들어맞았다.

그렇다면 이제 선택을 해야 된다.

존에 들어오는 커브인지 아닌지를 말이다.

'처음부터 정했다!'

부앙—!

애초부터 결정을 한 데커의 스윙에선 망설임이 없었다.

궤적과 궤적이 만나는 순간.

딱—!

경쾌한 소리가 그라운드에 울렸다.

[때렸습니다!]

타구가 좌중간을 향해 날아갔다.

이전 조엘이 잡아냈던 코스였다. 라오스가 급하게 따라갔지만 그의 발이 닿기에는 너무 먼 곳이었다.

'됐어!'

라오스의 위치를 확인한 데커가 속으로 환호를 지른 그 순간.

공이 떨어졌다.

담장 밖에 말이다.

"어?"

[너…… 넘어갔습니다!!]

0의 균형이 무너지는 순간이었다.

"아자!"

"잘했다!"

"젠장! 정말 멋졌어!"

"나이스다!"

더그아웃으로 돌아온 데커에게 환호와 박수, 그리고 동료들의 칭찬이 쏟아졌다.

웃음이 떠나지 않았다. 9회 초에 터진 예상치 못한 홈런이다. 특히 밀러가 데커의 홈런을 제일 기뻐했다.

하지만 그는 기쁨을 최소한으로 했다.

'아직 9회 말이 남아 있다.'

경기가 끝난 게 아니었으니 말이다. 다저스 더그아웃도 바빠졌다. 감독이 직접 마운드를 방문했다.

커쇼의 상태를 확인하기 위함이었다.

밀러 역시 대기 타석에 있는 영웅에게 다가갔다.

"이번 타석에서 때릴 생각은 포기하고 그냥 지켜봐."

"예?"

"다음 이닝에도 자네가 마운드에 오를 거야. 자네의 능력이라면 충분히 막을 수 있어. 하지만 타석에서 안타라도 때려서 그라운드를 돌면 호흡과 리듬에 문제가 생길 수도 있네."

말뜻을 이해했다.

대를 위해 소를 희생한다. 연속 안타가 나오면 추가점이 나올 수도 있다.

하지만 투수의 출루는 많은 걸 희생하게 한다.

주루는 그 자체로 심폐 능력에 영향을 끼친다. 근육에도 무리를 준다. 또한 대부분의 시간을 가만히 서 있어야 하기 때문에 달구어진 근육이 차가워질 수 있다.

특히 지금은 10월 말이다. 찬바람이 불고 있었다.

마지막으로 지금은 9회다. 근육은 비명을 지르고 체력은 바닥을 기어 다닐 때다.

영웅이 특별하다고는 하지만 이 역시 변수로 작용될 수 있다.

차라리 출루를 포기하는 게 낫다. 퍼펙트게임, 그리고 승리를 위해서 말이다.

말뜻을 이해한 영웅은 밀러가 고마웠다.

"알겠습니다."

고개를 끄덕인 밀러가 더그아웃으로 돌아갔다.

그사이 마운드 위에서도 감독과 커쇼의 이야기가 한창이

었다.

"다음은 강영웅이야. 충분히 이닝을 끝낼 수 있네. 예상치 못한 한 방을 맞았지만 너무 신경 쓰지 마. 자네는 우리 팀의 에이스야."

충분히 커쇼를 다독인 로버트 감독이 마운드를 내려왔다.

더그아웃으로 돌아온 그에게 투수 코치가 다가왔다.

"괜찮습니까?"

"음."

괜찮지 않다.

불의의 일격이라지만 타격이 있었다. 평소와 다른 모습이 그것을 증명했다.

다음 타자가 투수인 강영웅이긴 하지만 불안감도 있었다.

'홈런도 맞았었다.'

유독 강영웅은 커쇼에게 강했다. 특히 이런 순간에서는 더 더욱 말이다.

"불펜에 연락해."

결국 로버트 감독은 다음을 준비했다.

하지만.

뻑!

"스트라이크! 배터 아웃!"

영웅은 삼진으로 타석에서 물러났다.

칠 의지가 전혀 없었다.

그 모습을 본 로버트의 얼굴이 일그러졌다.

'다음 이닝을 준비한 거군.'

상대의 작전을 간파했다. 하지만 할 수 있는 것은 없었다. 이미 시기는 지나갔다.

공수교대가 이루어졌다. 영웅이 다시 마운드에 올랐다.

[다저스에서 첫 타자부터 대타 카드를 냅니다!]

좌타자로 빠른 공에 강점이 있는 그릭이었다. 오직 영웅의 빠른 공을 저격하는 역할의 타자였다.

영웅도 그 사실을 알았다.

그가 초구로 택한 건 커브였다.

부앙─!

배트가 크게 돌았다. 빠른 공을 노리고 있다는 게 적나라하게 보이는 장면이었다.

"스트라이크!"

2구는 스플리터였다. 이번에도 패스트볼을 노린 스윙에서 공이 도망쳤다.

'제길……! 마치 내 생각을 알고 있기라도 하듯 던지잖아.'

말도 안 되는 일이다.

하지만 그렇게 느껴졌다. 타자의 입장에서는 미칠 노릇이었다. 어떻게 해야 될까?

답을 찾을 수가 없었다.

'차라리 변화구를 노리겠어!'

궁지에 몰린 타자는 자신의 장점을 포기했다. 그리고 영웅은 그 틈을 공격했다.

뻐억─!

"스트라이크!! 배터 아웃!!"

[삼구삼진! 98마일의 빠른 공을 결정구로 던지는 강영웅 선수입니다!]

귀신에 홀린 느낌이었다. 그것을 해낸 것은 사실 영웅이 아니라 페르나였다.

'노리는 게 뭔지 알기 쉬웠어.'

타격 폼에서 그것을 찾아낼 수 있었다.

퍼펙트게임, 그리고 9회라는 점은 타자에게도 압박감을 주었다.

거기에서 답을 찾는 건 쉬운 일이었다.

'남은 건……'

두 개의 아웃 카운트였다.

페르나의 심장이 강하게 뛰기 시작했다. 수비들 역시 상황은 같았다. 앞서 몇 번 경험을 했다. 영웅 덕분에 말이다. 그럼에도 불구하고 떨리는 건 여전히 같았다.

'집중…… 집중……'

영웅도 긴장감을 느끼고 있었다. 하지만 그보다 높은 집중력으로 떨쳐 냈다.

경기 전부터 지금까지.

영웅은 집중력이 깨지지 않게 각고의 노력을 했다.

그 결과가 지금이었다.

투수에게 있어 최고의 결과인 퍼펙트게임을 눈앞에 두고 있었다.

남은 아웃 카운트 2개.

딱-!

[타구가 높게 떠오릅니다! 마스크를 벗어던진 페르나 선수! 위치를 잡습니다. 그리고 안정적으로 잡아냅니다! 투 아웃!]

아니, 이제 단 하나의 아웃 카운트만이 남았다.

다저스에서는 또다시 대타를 내밀었다. 월드시리즈 퍼펙트게임이란 치욕적인 기록의 희생물이 되고 싶진 않았다.

[조나단 선수가 타석에 들어섭니다. 다저스 엔트리에 포함된 선수 중 포스트시즌 경험이 가장 풍부한 선수입니다.]

경험으로 밀어붙이겠다.

로버트 감독의 생각을 읽을 수 있었다.

그러나 한 가지를 간과했다.

정확히 말하면 모르고 있었다.

'제아무리 많은 경험을 가진 베테랑이라도 중요한 순간에는 긴장을 할 수밖에 없다.'

꿈의 그라운드를 말이다.

와인드업을 한 영웅은 초구부터 빠른 공을 던졌다.

쐐애액-!

뻑!

"스트라이크!"

[외곽 낮은 코스를 꿰뚫는 97마일의 빠른 공!]

"후우!"

크게 한숨을 뱉었다.

9회 말.

힘이 빠져야 하는 게 정상이지만 오늘은 달랐다. 아드레날린의 분비로 영웅은 모든 게 완벽한 상태였다. 지치지 않았다.

오늘 경기가 마지막인 것처럼 영웅은 모든 힘을 집중시켰다.

좌앗-!

2구를 던지기 위해 와인드업을 했다.

그의 무릎이 가슴팍에 닿았다. 비틀렸던 상체가 풀리면서 그의 시선이 정확히 페르나의 미트를 관통했다.

"차앗!!"

기합 소리와 함께 공을 뿌렸다.

무서운 속도로 날아간 공이 마지막 순간 휘었다.

부앙-!

배트가 허공을 갈랐다.

뻑!

"스트라이크!! 투!"

[97마일이 찍힙니다!]

이번에도 빠른 공으로 보였다.

하지만 마지막 순간 공을 휘게 만들었다.

테일링 패스트볼이었다.

투 스트라이크로 몰린 상황.

모든 것이 영웅에게 유리했다.

'마지막이다.'

최고의 공을 던져야 된다. 한 가지 생각이 머릿속을 가득 채웠다.

좌앗-!

다리를 차올리자 마운드 위의 흙이 허공에 흩날렸다.

뿌득-! 뿌드득!

상체를 비틀자 근육들이 비명을 지르기 시작했다.

처음이 아니다.

이미 7회부터 근육은 비명을 지르고 있었다. 과도한 아드레날린 분비로 인한 혹사가 일어난 것이다.

영웅은 참았다.

오늘 경기는 반드시 이겨야 한다.

책임감이 고통을 이겨내고 있었다.

사실 풀 시즌을 치르는 선수 중 정상적인 몸 상태로 시즌을 끝내는 경우는 없었다. 작건 크건 부상은 다들 가지고 있었다.

이번 시즌 긴 이닝을 던진 영웅도 체력적인 문제가 있었다. 그럼에도 초인적인 인내력으로 포스트시즌을 치렀다.

하지만 그것도 한계에 도달하고 있었다.

'참아라!'

발악을 하듯 자신의 몸에 명령을 내린 영웅이 비틀렸던 상체를 풀었다.

"하앗!"

몸속에 숨겨져 있던 모든 힘을 끌어 모아 손끝으로 보냈다.

공이 손끝을 떠난 순간. 영웅은 깨달았다.

평소와 다르다는 걸 말이다.

뻑!

"볼!"

"헉…… 헉…….."

영웅의 얼굴이 일그러졌다.

정확한 릴리스 포인트에서 공을 뿌리지 못했다. 밸런스가 깨졌다는 느낌이 강하게 들었다.

'어디지?'

부상이라도 입었나 싶었다.

하지만 고통은 느껴지지 않았다. 근육통처럼 자잘한 아픔은 있었지만 언제나와 같았다. 딱히 부상이라는 생각이 들지 않았다.

'피곤해졌나?'

투구 수는 아직 100구가 되지 않았다.

그러나 강행군을 이어가고 있는 상황이니만큼 무리가 따랐다.

그렇게 판단한 영웅이 다시 공을 던졌다.

빽!

"볼!"

퍼엉-!

"볼!"

공은 그가 원하는 방향으로 날아가지 않았다.

급격하게 제구력이 흔들리고 있었다.

[강영웅 선수, 단 하나의 스트라이크만을 남겨놓은 상황에서 연속 세 개의 볼을 던졌습니다!]

확실히 알 수 있었다. 영웅의 몸에 문제가 생겼다는 걸 말이다.

인디언스 더그아웃에서 나섰다. 타임을 걸고 밀러 감독이 마운드를 방문했다.

관중석과 기자석이 술렁였다.

스위트석에 앉아서 경기를 지켜보던 한혜선과 수정, 그리고 예린도 떨리기는 매한가지였다.

"오빠……."

예린의 목소리가 떨려왔다. 두 손을 꼭 모아 기도를 했다.

제발 무사하길…….

그때 따뜻한 손이 그녀의 손을 감쌌다. 한혜선이었다.

"걱정 마렴. 영웅이는 강한 아이야."

"그럼! 내 동생이지만 몸 하나는 정말 강철이야! 강철!"

두 사람은 예린을 격려했다.

하지만 마운드 위의 상황은 좋지 않았다.

"몸이 아픈 건가?"

"크게 아픈 곳은 없지만…… 밸런스가 잡히지 않습니다."

밸런스가 무너졌다.

이는 두 가지를 의미한다.

하나는 피로에 의해 정상적인 투구가 불가능한 경우다.

만약 그렇다면 차라리 다행이다.

둘은 부상에 의해 밸런스가 깨진 경우다.

이 경우에는 상황은 걷잡을 수 없이 커진다.

'젠장! 내 잘못이다.'

밀러는 속으로 자신을 탓했다.

페넌트 레이스 동안 긴 이닝을 던졌던 영웅이다. 포스트시
즌이라지만 충분히 주의를 해야 했다.

'자책은 나중이다. 일단 영웅의 몸 상태를 체크해야 돼.'

자신이 확인하는 건 한계가 있다.

구심에게 양해를 구하고 트레이닝 파트의 팀장을 불렀다.

[아—! 추가 인원이 마운드를 방문하는데요.]

[투수 코치는 아닌 거 같고 트레이닝 파트로 보입니다.]

[설마 여기서 교체는 아니겠죠?]

[음, 확답은 할 수 없지만 역사적인 순간을 코앞에 둔 상황입니다. 웬만해서는 교체하지 않을 것으로 생각이 듭니다.]

월드시리즈 퍼펙트게임.

그리고 메이저리그에서 한 선수가 두 번의 퍼펙트게임을 달성하기 직전이다.

부상이라 해도 웬만해서는 교체하기 어렵다.

밀러 감독도 그 사실을 잘 알고 있었다. 그렇기에 조마조마한 얼굴로 팀장의 대답을 기다렸다.

"어떤가?"

"촉진으로는 당장 이상이 발견되지 않았습니다."

"공 하나 정도는 던질 수 있겠나?"

어떻게든 공 하나면 모든 게 결정이 된다.

영웅도 그것을 원하고 있었다.

단 하나의 공만 던지면 된다.

"가능합니다."

팀장의 허락이 떨어졌다.

고개를 끄덕인 밀러 감독이 영웅을 바라봤다.

"자네의 손으로 매듭을 짓게."

"감사합니다."

진심으로 인사를 전한 영웅이 마운드에 남았다.

[교체를 하지 않습니다!]

관중석에서 우레와 같은 박수가 쏟아졌다.

영웅은 차분한 시선으로 피처 플레이트를 밟았다.

'반드시 잡는다.'

눈빛은 차분했지만 심장은 떨리고 있었다. 지금까지 한 번도 없었던 일은 영웅의 단단했던 심장에 빈틈을 만들고 말았다.

또한 달라진 밸런스는 그의 칼 같은 제구력에도 문제를 만들었다.

좌앗-!

다리를 차올림과 동시에 상체를 비틀었다.

뿌득!

'윽!'

상체를 비틀자 근육이 비명을 지르며 고통이 느껴졌다. 이전에는 없던 고통이다.

영웅은 이를 악물고 마지막 공을 던졌다.

"차앗!!"

쐐애애액-!

그의 손을 떠난 공이 빠른 속도로 날아갔다.

뻐엉-!

묵직한 소리가 그라운드에 울렸다.

배트는 나오지 않았다.

마지막 판정은 구심에게로 넘어갔다.

영웅은 등 쪽에서 오는 통증에도 자세를 유지한 채 구심의 판정을 기다렸다.

"볼! 베이스 온 볼!!"

마지막 스트라이크 콜은 울리지 않았다.

[9회 말! 스트라이크 단 하나를 남겨두고 강영웅 선수의 두 번째 퍼펙트게임이 깨졌습니다!]

비통함이 중계진의 목소리를 통해 전달됐다. 관중들도 안타까움의 탄성을 터뜨렸다.

하지만 이 순간.

영웅보다 실망한 사람은 없었다.

그는 고개를 떨어뜨렸다.

또 하나의 기록이 남아 있지만 밀러 감독은 다시 한번 마운드를 방문했다.

코칭스태프가 한 이닝에 두 번 마운드에 방문을 하면 무조건 투수를 교체해야 된다.

그 사실을 알았지만 영웅은 좀처럼 공을 건네지 못했다.

그런 영웅의 어깨를 밀러 감독이 토닥였다.

"미안하다……."

자신의 욕심이 빚어낸 재앙이었다.

그 뜻을 알아챈 영웅은 공을 그의 손에 넘겼다.

"죄송합니다……."

영웅이 마운드에서 내려갔다.

그의 머리 위로 관중들의 박수가 쏟아졌다.

평소라면 모자를 벗고 호응을 했을 영웅이지만 이번에는 그러지 못했다.

'죄송합니다…….'

그는 무거운 발걸음을 옮겨 더그아웃으로 들어갔다.

3장
부상

[(속보)두 번째 퍼펙트게임을 앞두고 실패한 강영웅]

[클리블랜드 인디언스의 강영웅 선수가 스트라이크 단 1개를 남겨 두고 퍼펙트게임에 실패했습니다.

월드시리즈 4차전에 선발로 출전했던 강영웅 선수는 9회 2사 2스트라이크까지 잡은 상황에서 볼을 연달아 4개를 던지며 볼넷으로 주자를 내보냈습니다.

노히트노런이 남은 상황이었지만 밀러 감독은 바로 강영웅 선수를 강판시켰습니다.

인디언스 구단 측은 이에 대한 정확한 입장을 내놓지 않고 있습니다.]

영웅은 곧장 트레이닝룸으로 이동했다. 하지만 그가 통증을 느낀다는 사실에 곧장 인근 병원으로 옮겼다.

그곳에서 정밀진단을 받았다. 통증이 느껴지는 등 부근을 중심으로 조사가 이루어졌다.

MRI 촬영이 끝나고 잠깐의 휴식시간이 있을 때, 가족들이 도착했다.

"아들!"

"괜찮아?!"

한혜선과 수정의 질문이 쏟아졌다.

영웅은 미소를 지어 보였다.

"괜찮아. 그런데 예린이는?"

"구단 관계자들이 막았어! 우리가 괜찮다고 했는데⋯⋯."

영웅은 구단에서도 가장 중요한 선수로 분류됐다.

부상일 수도 있는 상황에서 섣불리 외부인에게 노출할 수 없는 노릇이었다.

구단으로서는 당연한 행동이었다.

영웅은 직원들에게 이야기해 예린을 들어오게 했다.

"오빠! 괜찮아요?!"

걱정 어린 물음에 미소로 답했다.

"괜찮아."

자신을 걱정해 주는 사람들이 있다는 게 기뻤다.

가족들과 시간을 보내다 보니 시간은 빠르게 흘러갔다.

'경기가 끝났을 텐데⋯⋯.'

똑똑-!

아웃 카운트 하나만이 남은 상황이었다. 진즉 경기가 끝났어야 됐다. 한데 아직까지 결과를 알 수 없었다.

그때 누군가 문을 두드렸다.

똑똑—!

"들어오세요."

말이 끝나기 무섭게 문이 열렸다.

문 너머에는 페르나와 밀러 감독, 그리고 박형수가 서 있었다.

"이겼다."

박형수의 말에 영웅이 안도의 한숨을 내쉬었다.

퍼펙트게임이 무산됐다는 것에 아쉬움은 남았지만 팀은 이겼다.

충분한 위안이 되었다.

"참, 이쪽은 어머니와 누나, 그리고 제 애인인 예린이에요."

영어로 설명을 했지만 예린은 충분히 알아들을 수 있었다.

애인이라고 표현한 부분에서 얼굴이 붉어졌다.

그러면서도 속은 좋았다.

"반갑습니다."

잠깐의 인사가 이어졌다.

대면식이 끝난 뒤 밀러 감독이 입을 열었다.

"의료진과 만나고 왔다. 결과가 나왔는데……."

말을 끊은 건 아니다.

하지만 뒷말이 나오기까지 억겁의 시간처럼 느껴졌다.

"근육이 다쳤다는 소견이다. 정확히는 척추기립근을 비롯해서 몇 군데가 찢어져서 밸런스가 깨졌다고 하더구나. 자세한 건 조금 뒤에 의사가 와서 설명해 줄 거다."

척추기립근은 척추를 잡아주는 근육이다.

영웅의 투구 폼인 트위스트는 상체를 비틀어 던지는 투구 폼이다.

전문가들은 예전부터 그의 투구 폼이 신체에 무리를 준다는 지적을 해왔다.

하지만 지금까지는 큰 부상이 없었다. 근육에 통증을 느낀 것 역시 오늘이 처음이었다.

'왜 하필 오늘 같은 날에…….'

화가 났다. 어째서 지금과 같은 상황에 부상을 입었는지 말이다.

"너무 깊이 생각하지 말고 푹 쉬도록 해."

"……예."

"그리고…….'

밀러 감독이 말을 멈췄다.

그리고 힘겹게 입을 열었다.

"미안하다…….'

그 말을 끝으로 몸을 돌렸다.

사과에는 여러 의미가 담겨 있었다.

페넌트 레이스와 포스트시즌을 통틀어 일어난 혹사.

충분한 배려를 해주지 못한 것에 대한 사과였다.

하지만 영웅은 그렇게 생각하지 않았다.

자신의 선택이었다. 팀을 위해서 공을 던져 왔다. 결코 누군가 시켜서 했던 일이 아니었다.

그러나 이미 떠난 밀러 감독에게 그 말을 할 수 없었다.

뒤이어 박형수와 페르나가 그에게 다가왔다.

"경기는 너무 걱정 마라. 어떻게든 우승을 할 테니까."

"몸조리 잘 하고 있어. 우승 반지를 가지고 돌아올게."

두 사람은 영웅을 안심시켰다.

무거운 마음을 떨쳐지지 않았지만 그래도 일말의 위안은 됐다.

두 사람이 나가는 모습에 한혜선이 자리에서 일어났다.

"배웅하고 올게. 예린이는 영웅이 좀 부탁해요."

"아, 네."

한혜선은 수정과 함께 병실을 떠났다.

병실에는 영웅과 예린 둘만 남게 됐다.

적막이 흐르자 영웅은 자신의 부상에 대해 진지하게 생각할 수 있었다.

'설마 이 시점에서 부상이라니……'

예상치 못했다.

징후라도 있었다면 예방이라도 했을 거다.

하지만 징후 자체가 없었다.

그렇기에 더더욱 충격적이었다.

"오빠……"

그때 예린이 다가왔다.

영웅이 그녀를 바라본 순간.

꽈악!

그녀의 양팔이 영웅의 얼굴을 감쌌다. 따뜻한 온도와 부드러운 감촉이 느껴졌다.

"예…… 예린아?"

갑작스러운 행동에 영웅은 당황했다. 하지만 예린은 영웅의 머리를 놓지 않았다.

"너무 걱정 마요."

마치 영웅의 걱정을 알기라도 한다는 듯 말해주는 예린의 목소리에 영웅은 눈이 커졌다.

곧 그녀의 진심을 알고 그녀에게 몸을 맡겼다.

"고마워."

잠깐이지만 부상에 대한 악몽을 잊을 수 있었다.

[강영웅 부상!]

[클리블랜드 인디언스의 강영웅 선수가 근육에 파열이 생기는 부상을 입은 것으로 파악됐습니다. 정확한 위치는 확인되지 않았지만 앞으로 남은 시리즈에 출전하지 못할 것으로 보입니다.

한편 클리블랜드 인디언스는 LA 다저스와의 월드시리즈 5차전에서 패배하며 스코어 3 대 2로 몰리게 됐습니다.]

영웅의 부상 소식이 전해졌다.

그간 부상과는 거리가 있던 영웅이기에 충격은 더욱 컸다.

한국에서는 영웅의 혹사에 대한 논란이 일었다.

포스트시즌까지 합쳐 300이닝에 가까운 경기를 소화한 영웅이다. 당연히 나올 수밖에 없는 논란이었다.

미국 현지에서도 많은 기자가 밀러 감독의 자격에 대해 논란이 일었다.

여론이 나빠진 것도 문제지만 더 큰 문제가 남아 있었다.

바로 월드시리즈였다.

영웅은 에이스로 팀의 기둥 역할을 했다. 어린 나이지만 실질적인 투수진의 리더로 활약을 해왔다.

그런 영웅이 더 이상 월드시리즈 출전이 불가능해졌다.

선수단의 심리에 영향이 갈 수밖에 없었다.

그 탓일까?

6차전에서도 인디언스는 다저스에 끌려갔다.

[딱!]

[3구를 강타! 타구가 좌중간을 가릅니다!]

[아−! 이건 큽니다!]

[2루 주자 홈으로! 1루 주자도 2루를 돌아 속도를 더합니다! 이제야 중견수 공을 잡았습니다! 주자는 3루까지 돌아 홈으로 파고듭니다!]

공은 빠르게 홈으로 송구됐다.

하지만 주자의 발이 더 빨랐다.

[세이프!!]

[주자 세이프입니다! 순식간에 2점을 추가하는 LA 다저스입니다! 스코어는 6 대 1이 됩니다!]

[점점 점수가 벌어지네요.]

승부의 추가 기울었다.

그 장면을 TV로 바라보는 영웅의 마음은 착잡했다.

"후우……."

자신이 있었다고 바뀌는 건 없을 수도 있다. 그렇다고 해도 아쉬울 수밖에 없었다.

'이렇게 끝나가다니…….'

아쉽고 또 아쉬운 시즌이었다.

월드시리즈 우승은 LA 다저스에게 돌아갔다.

인디언스는 다시 한번 월드시리즈 문턱에서 눈물을 삼켜야 했다.

영웅은 아쉬움을 삼키고 치료에 전념했다.

그의 치료는 빠르게 진행됐다.

근육 파열은 충분한 휴식이 가장 중요한 치료 방법이었다.

치료를 위해 영웅은 귀국까지 포기했다. 가족들 역시 미국에 남아 영웅의 재활을 돕기로 결정했다.

월드시리즈의 흥분이 채 가시기도 전에 메이저리그는 또하나의 경기가 열렸다.

바로 스토브리그였다.

선수들의 계약, FA 등.

천문학적인 돈이 오가는 자리들이었다.

작년까지만 하더라도 영웅은 이 자리에 초대받지 못한 손님이었다.

하지만 올해는 달랐다.

메이저리그에서 3년을 채운 그에게는 달콤한 보상이 찾아왔다.

바로 연봉 조정 신청이다.

1972년 처음 도입된 연봉 조정 신청은 성적보다 적은 연봉을 받는 선수들을 구제하기 위해 도입된 제도였다.

메이저리그와 계약하는 선수들은 서비스 타임 3년을 채울 때까지 최저 연봉에 해당하는 금액을 받는다.

영웅도 마찬가지였다.

리그 전체를 통틀어도 최고의 활약을 펼쳐 온 영웅이다. 하지만 그의 연봉은 여전히 최저 연봉보다 1만 달러가 많은 수준이었다.

올 시즌에도 아메리칸리그 사이영 상과 MVP 수상까지 확정적인 상황.

고작 3년 만에 그가 이룬 업적은 메이저리그 전 역사를 통틀어도 유례를 찾아보기 힘들었다.

월드시리즈에서 부상을 입었지만 그것이 걸림돌이 될 이유는 없었다.

이런 이유로 최성재가 바쁘게 움직였다.

영웅의 에이전트를 맡고 있는 그가 가장 먼저 방문한 곳은 영웅의 집이었다.

수정은 외출 중이었고 한혜선은 두 사람에게 음료를 내주고 방으로 들어갔다. 일적인 이야기를 하기에 자신이 있으면 불편할 거란 판단이었다.

"몸은 좀 어떻습니까?"

"많이 괜찮아졌습니다. 통증은 더 이상 없고요."

"죄송합니다. 제가 조금 더 신경을 썼어야 했는데."

"아닙니다. 선수도 예상하지 못한 부상인데요."

"그렇게 말씀해 주시니 감사합니다. 오늘 찾아온 이유는 내일 인디언스 관계자들과 만남을 갖기로 했기 때문입니다."

"그렇습니까?"

"예, 첫 만남이니 조건에 대한 이야기가 아닐 거라 생각합니다만 그전에 말씀드릴 게 있어서요."

"말씀하세요."

최성재는 지갑에서 한 장의 명함을 꺼냈다.

일전에 해롤드 구단주에게 건넸던 명함이었다.

"이번 일을 끝으로 전 제임슨 코퍼레이션을 떠나게 됐습니다."

"떠난다고요? 다른 곳으로 이적하시는 건가요?"

"정확히 말씀드리면 제가 직접 회사를 차리게 됐습니다."

그제야 명함에 적힌 직함을 발견했다. 'CEO'라는 직함이 정확히 기재되어 있었다.

"제 개인 회사는 아닙니다. 제 지분도 들어갔지만 주주가 꽤 많이 있습니다. 전 회사를 총괄하면서 운영할 계획입니다."

"그렇군요……. 축하드립니다!"

"감사합니다."

최성재가 미소를 지어 보였다.

"사실 시즌 중에 이 사실이 결정됐습니다. 하지만 경기에 지장이 있을 수도 있다는 판단에 말씀드리는 게 늦었습니다. 죄송합니다."

"아닙니다. 절 배려하셔서 그런 건데요."

"그리 생각해 주시니 감사합니다. 그리고 이번 계약까지는 확실히 제가 처리하는 걸로 제임슨 코퍼레이션과 이야기가 됐으니 너무 걱정하지 않으셔도 됩니다."

"예, 알겠습니다."

최성재는 단 한 번도 자신의 회사와 계약하자는 이야기를 꺼내지 않았다.

일종의 예의였다.

제임슨 코퍼레이션은 자신을 키워준 회사였다.

에이전트로서 성장을 하게 해주었고 많은 인맥과 경험을 할 수 있었다.

비록 이제는 라이벌이 되지만 기존의 고객을 빼오는 파렴치한 짓은 하고 싶지 않았다.

또한 영웅에게도 공평한 선택권을 주고 싶었다.

'그의 성격이라면 굳이 신경 쓰지 않아도 되겠지만.'

그간 봐온 영웅은 매우 책임감이 있었다.

남들의 말에 잘 휘둘리는 성격이 아니었다.

그렇기에 자신이 오라고 해도 본인이 아니라고 판단을 내리면 거절할 사람이었다.

그걸 알기에 굳이 이야기를 꺼내지 않았다.

최성재는 본론을 꺼냈다.

"인디언스에서는……."

영웅의 첫 번째 연봉 조정이 코앞으로 다가왔다.

며칠이 지났다.

영웅은 중간중간 최성재와 연락을 주고받으며 연봉 조정에 대한 진행 사항을 보고받았다.

'역시 편하다니까.'

최성재는 에이전트로서 기본을 지키는 사람이었다.

일이 진행이 되면 그것들을 바로 보고해 주었다.

덕분에 일처리가 어떻게 되는지 잘 알 수 있었다.

사실 이는 기본 중의 기본이다.

하지만 한 명의 에이전트에게 배당되는 고객이 많아지면서 이 기본을 잘 지키지 못하는 경우가 많았다.

실제 한국에서는 한 다리 건너 지인과 계약하는 일이 많아 자신의 목소리를 잘 내지 못하는 일도 있었다.

최성재도 그런 케이스와 비슷하지만 기본을 잘 지켜주었다.

[널 사랑하는-!]

그때 영웅의 스마트폰이 울렸다.

모르는 번호였다.

기자일 수도 있기에 받지 말까 고민했다. 부상에 관해 꼬치꼬치 물어오기 때문이다.

결국 영웅은 전화를 받지 않았다. 그리고 곧장 한 통의 메시지가 왔다.

'역시 기자였나?'

기자들이 자주 하는 순서였다.

영웅은 스마트폰을 꺼내 메시지를 확인했다.

내용을 확인한 영웅의 눈이 커졌다.

[정찬열입니다. 통화가 되지 않아 메시지를 남깁니다. 전화 부
탁드립니다.]

간단한 내용이었다.

하지만 상대가 간단하지 못했다.

영웅은 급하게 부재중 통화의 번호를 확인하고 전화를 걸
었다.

이틀 뒤.

영웅은 클리블랜드에 있는 한 호텔에 도착했다.

발레파킹을 맡기고 그가 향한 곳은 가장 꼭대기 층에 있는
식당이었다.

엘리베이터의 문이 열리자 직원이 그를 맞이했다.

"어서 오십시오."

"강영웅입니다. 예약이 되어 있을 텐데요."

"안내해 드리겠습니다."

얼굴이 곧 명함인 영웅이다. 따로 신분 확인은 필요하지 않았다.

직원의 안내를 받아 도착한 곳은 별도의 룸이었다.

곧 문이 열리고 내부가 보였다. 안에는 정찬열과 박형수가 먼저 도착해 있었다.

"어서 와."

박형수가 먼저 영웅을 맞이했다.

그와 인사를 나눈 영웅은 정찬열에게 허리를 숙였다.

"선배님, 처음 뵙겠습니다!"

"반가워요."

정찬열이 내민 손을 잡았다. 거친 손이 꿈의 그라운드에서 만났던 레전드 플레이어들과 비슷했다.

영웅과 정찬열은 사석에서 만나는 게 처음이었다.

챔피언십 시리즈에서 얼굴을 볼 줄 알았지만 정찬열은 따로 연락을 하지 않았다.

그래서 만남이 이루어지지 않았다.

"앉아서 이야기하죠."

정찬열이 자리를 권했다.

간단히 먹을 것을 시키고 본격적인 이야기를 시작했다.

"부상은 좀 어떻습니까?"

"많이 좋아졌습니다. 병원 측에서는 완치가 됐다고 하는데 일단 좀 휴식을 취하고 있습니다."

"시즌이 진행 중이니 그게 좋지."

박형수의 말에 정찬열이 고개를 끄덕였다.

"부상은 한 번 당하면 버릇이 될 수 있습니다. 조급하게 생각하지 말고 천천히 치료를 받으세요."

"조언 감사합니다."

영웅의 대답이 마음에 들었다.

원래 정찬열은 영웅과 챔피언십 시리즈가 시작되기 전에 만날 생각이었다.

하지만 고심 끝에 그러지 않았다.

괜히 사적인 만남을 했다가 제대로 된 승부를 하지 못할 수도 있기 때문이다.

아직 어린 영웅을 나름 배려한 것이다.

'오늘 보니 그럴 필요는 없는 거 같지만.'

정찬열은 대화가 이어질수록 영웅이 무척 성숙하다는 것을 느꼈다. 저 나이에서 나올 수 없는 모습이었다.

독특했다.

야구관 역시 확고했다.

자신의 것인지 아니면 배운 것인지 알 수 없지만 자신만의 야구를 하고 있다는 게 대화에서 느껴졌다.

긴 시간의 대화가 끝나가면서 정찬열은 결정을 내렸다.

"오늘 대화 즐거웠습니다. 그리고 여기는 제가 신세를 졌던 스포츠 의학 박사님이 계시는 곳입니다. 선수의 부상 치료는 물론이고 트레이닝에 관련해서도 조언을 해주는 곳이니 찾아가서 나쁘진 않을 겁니다."

정찬열이 내민 명함을 받아 든 영웅이 고개를 숙였다.

"감사합니다."

두 사람의 첫 만남은 그렇게 마무리됐다.

4장
연봉 협상

다음 날.

영웅은 최성재와 미팅을 가졌다.

"인디언스와 협상을 하고 있지만 아무래도 조정에 들어가야 될 거 같습니다."

"얼마를 제안했습니까?"

"3년 계약을 제안했습니다. 연 평균 천만 달러 규모입니다."

천만 달러.

한화로 계산하면 100억이 넘는 돈이다.

3년 계약이니 300억이 훌쩍 넘는 엄청난 금액이었다.

"구단 측에서는 팀 린스컴과 클레이튼 커쇼를 가이드라인으로 잡은 거 같습니다."

팀 린스컴.

샌프란시스코 자이언츠에서 데뷔해 괴물 같은 활약을 보

여주었던 투수다.

2007년 데뷔해서 7승 5패라는 준수한 성적을 남겼던 그의 진가가 드러난 건 이듬해였다.

2008년 18승 5패, 평균 자책점 2.62라는 엄청난 성적을 거두며 사이영 상을 획득했다.

3년 차에는 15승 7패, 평균 자책점 2.48를 기록, 또 한 번 사이영 상을 차지한 린스컴은 자이언츠 구단과 연봉 조정 중재 위원회까지 갔다.

그 결과 2년 21,00만 달러에 샤이닝 보너스 200만 달러를 포함, 총액 23,00만 달러에 계약을 맺었다.

클레이튼 커쇼 역시 비슷한 사례였다. 린스컴과 같은 2년 계약을 맺었고 금액은 1,900만 달러를 받았다.

두 선수의 결과는 달라졌지만 인디언스가 참고하기 좋은 롤모델이었다.

"방법은 여러 가지가 있습니다. 하나는 단년 계약을 맺으면서 매년 연봉 조정을 하는 겁니다. 이 같은 경우는 매년 성적을 낼 수 있다는 자신이 있을 때 하는 방법입니다."

1년 계약은 하이 리스크 하이 리턴이었다.

선수의 몸이라는 건 당장 다음 시즌에 어떻게 될지 모른다.

그렇기에 다년 계약을 선호하는 선수와 에이전트들도 있었다.

다년 계약을 맺게 되면 장점은 안정감이다.

안정적인 수입이 들어오므로 부담이 덜어진다.

또한 다년 계약의 대부분이 거액이 오가는 계약이므로 팀에서의 입지도 쉽게 흔들리지 않았다.

하지만 영웅은 아직 어리다.

미국에 온 지 4년, 그리고 메이저리그 진출은 이제 3년을 채웠다.

그럼에도 리그 최정상급 활약을 이어가고 있었다.

이번 시즌 마지막에 부상을 입긴 했지만 이것이 걸림돌이 되진 않았다.

"팀 린스컴의 사례가 없었다면 구단에서도 계약 기간을 더 길게 가져갔을 겁니다."

팀 린스컴은 4년 차부터 꾸준히 기량이 하락했다.

11시즌 잠깐 반짝했지만 그 이후에는 급격한 하락세를 타면서 메이저리그에서 모습을 감추게 됐다.

특히 그의 투구 폼은 영웅처럼 역동적인 폼을 가지고 있었다.

작은 체구에서도 100마일 이상의 공을 뿌렸던 그의 투구 폼은 전문가들이 우려를 나타냈던 폼이었다.

영웅과 비슷하지만 두 사람에게는 많은 차이가 있기에 단순 비교는 불가능했다.

또한 이 부분에 대해 언급할 이유도 없었다.

"일단 구단과 줄다리기를 하면서 내년 1월 계약을 본격적으로 진행할 예정입니다. 그전에 의견을 듣고 싶습니다."

협상은 자신이 한다.

그러나 가장 중요한 건 의뢰인의 희망이었다.

즉, 강영웅의 의사에 따라 계약의 로드맵이 결정된다.

고심을 하던 영웅이 입을 열었다.

"저는 단년 계약을 원합니다."

그는 자신 있었다.

지금에 안주하지 않고 미래를 위해 달려 나갈 계획이었다.

현실에 만족해서는 할 수 없는 일이었다.

끊임없이 스스로를 채찍질해야 했다.

그중에 하나가 단년 계약이다.

스스로에게 위기감을 주면서 담금질을 해나가고 싶었다.

"알겠습니다. 그럼 계획을 짜고 보고를 올리도록 하겠습니다."

"예. 참, 혹시 이곳이 어딘지 아십니까?"

영웅이 한 장의 명함을 내밀었다.

그것을 본 최성재의 눈이 커졌다.

"이건 어디서 받으셨습니까?"

"얼마 전에 정찬열 선배님을 뵐 기회가 있었는데, 선배님께서 잘 아는 곳이니 가보라고 하시면서 추천을 해주셨습니다."

"아……."

최성재가 고개를 끄덕였다.

그러고는 설명을 이어갔다.

"이곳은 스포츠 의학의 최고 권위자들이 모여 만든 스포츠 의학 재단입니다. 스포츠 의학에 관해서는 전 세계 최고라는 평가를 받고 있습니다."

"그렇게 대단한 곳이었군요."

단순히 대단한 곳이라고 표현할 만한 곳이 아니었다.

이곳은 역사 그 자체인 곳이었다.

스포츠는 과학을 접목시키면서 빠르게 발전을 해왔다. 그러면서 선수들의 몸에 부담이 커져 갔다.

그것을 보완해 주고 치료해 주기 위해 같이 발전한 것이 바로 스포츠 의학이다.

스포츠 의학 박사 중 한 명이 이런 말을 했다.

"트레이너와 코치는 선수가 얼마나 더 빠른 공을 던지고 치게 하는 것이 목적이지만, 우리의 목적은 선수가 얼마나 더 오래 선수 생활을 할 수 있는지에 중점을 두고 있습니다."

프로 스포츠는 부상과 함께한다.

재능이 있더라도 부상의 악몽에 사로잡혀 사라지는 선수가 수두룩하다.

그들을 구할 수 있는 방법 중 하나가 스포츠 의학이다.

운동선수가 어떻게 해서 부상을 입는지 부상을 입지 않고 오랜 시간 경기를 하기 위해선 무엇을 해야 되는지.

그런 것들을 공부하는 곳이다.

그리고 최고의 권위자들이 모여 있는 곳이 세계 스포츠 의학 재단인 W.S.M이다.

"각종 스포츠의 엘리트 선수들이 이곳에서 치료와 재활 그리고 트레이닝을 해왔습니다. 여기가 얼마나 뛰어난지는 그간의 결과가 말해주고 있죠."

"야구 선수만 관리를 하는 건 아닌가 보죠?"

"예, 스포츠 전반에 관해서 연구가 이루어지고 있는 곳입니다. 그 명함의 주인인 김성일 박사는 야구에서 뛰어난 성과를 보이고 있는 분입니다."

"그렇군요."

"제 생각에는 한 번쯤 방문해서 부상 부위에 대한 정밀진단을 받아보는 것도 나쁘진 않을 거 같습니다."

"이미 완치가 되었는데요?"

"만에 하나라는 것이 있으니까요."

최성재의 제안에 영웅이 작게 고개를 끄덕였다.

얼마 뒤.

영웅은 아메리칸리그 사이영 상 수상을 확정지었다.

월드시리즈 우승 반지는 얻지 못했지만 대단한 위업을 이어가고 있었다.

이외에도 다양한 상을 받으면서 최고의 시즌을 보냈다는 걸 증명했다.

한국에서도 꾸준히 시상식 참석 요청을 받았다.

하지만 이번에는 한국에 아예 들어가지 않기로 결정을 내렸다. 그 이유 중에 하나가 W.S.M에 방문을 위해서다.

"엄청 크네요."

"W.S.M은 일종의 대학교라고 보시면 됩니다. 정식 학교는 아니지만 각종 연구와 후학 양성 등, 다양한 프로그램을 진행하고 있습니다."

W.S.M의 재단 건물은 엄청났다.

끝이 보이지 않는 부지에 세워진 건물은 웬만한 대학교는 비교도 되지 않았다.

"재단의 부지에는 각종 스포츠 선수들이 훈련을 할 수 있게 경기장과 최신식 트레이닝 설비가 모두 되어 있죠."

최성재도 흥분한 모습이 보였다.

그럴 수밖에 없다.

W.S.M은 초대받은 손님만 들어올 수 있다.

수많은 엘리트 선수를 손님으로 두고 있던 최성재지만 그 역시 이곳에 온 것은 처음이었다.

그동안 수없이 문을 두드렸지만 열리지 않았다.

한데 이번에는 열렸다.

'그만큼 높게 봤다는 거겠지.'

그렇기에 자신도 출입이 가능했을 거다.

차를 주차해 두고 두 사람은 본관 건물로 들어갔다.

안내인의 안내를 받아 곧 김성일의 연구실로 향할 수 있었다.

"이쪽에서 잠시 기다리시면 김 박사님이 오실 겁니다."

"예."

안내인이 돌아가고 사무실에 둘만 남았다.

넓고 좋은 사무실이지만 곳곳에 서류들이 널브러져 있었다.

컴퓨터도 여러 대가 놓여 있었고 거기에는 알 수 없는 숫자들이 적혀 있었다. 간혹 인체 구조가 그려진 그림도 보였다.

"김성일 박사님은 어떤 분이신가요?"

"이번에 저도 조사를 해서 알게 된 것인데요. 정찬열 선수의 전속 트레이너로 활동을 했고 그전에는 스포츠 트레이너로 활동을 했다고 합니다. 종목도 다양하게 말이죠."

"전속 트레이너요?"

"예, 천문학적인 돈을 버는 선수들은 자신들과 호흡이 잘 맞는 트레이너들에게 연봉을 주면서 계약을 맺습니다. 그렇게 뽑힌 인원들은 그 선수만을 위해 훈련 프로그램, 식단 등. 맞춤 전략을 만들어내죠."

"그렇군요."

"정찬열 선수와 김성일 박사는 약 7년간 함께 하다가 3년 전에 헤어지고 김 박사님이 W.S.M에 들어오셨다고 하더군요."

"왜 헤어졌을까요?"

딸칵-!

그때 문이 열렸다.

안으로 들어온 중년의 남자는 두 사람을 바라보다 입을 열었다.

"더 이상 제가 해줄 게 없었기 때문에 헤어졌습니다."

그 대답을 바로 이해하지 못했다.

그러거나 말거나 중년의 남자가 영웅에게 다가왔다.

"김성일입니다."

"아! 강영웅입니다. 이렇게 만나주셔서……!"

"인사는 됐고, 일단 바디 체크부터 해보죠. 따라오세요."

제 할 말만 한 김성일이 다시 사무실을 나섰다.

어리둥절한 표정으로 서 있던 두 사람이 급히 그를 따라갔다.

사무실 바로 옆의 방은 연구실이었다. 웬만한 농구장보다 큰 연구실에는 각종 장비가 놓여 있었다.

또한 방도 몇 개가 더 있었는데 그곳들은 단순한 방이 아니었다.

방사선 경고 문구가 적혀 있는 곳도 있었다.

연구소 안에는 많은 사람이 각자 할 일을 하고 있었다.

영웅은 그중에 한 사람이 눈에 띄었다.

'무슨 서류를 저렇게 쌓아뒀지?'

마치 서류로 산을 쌓아놓은 것 같았다. 양옆으로 높게 쌓인 서류는 위태롭게 보였다. 언제 무너져도 이상할 게 없었다.

한데 김성일의 발걸음이 그쪽으로 향했다.

"샤오이."

쿵―!

와르륵!

"꺄악!"

곧 비명이 터져 나왔다.

서류의 산에 파묻힌 여인이 손으로 서류를 치워내며 몸을 일으켰다.

"박사님! 갑자기 그러시면 어떻게 해요?!"

"정리를 하면서 하든가. 어쨌건 인사해. 클리블랜드 인디언스에서 뛰고 있는 강영웅 선수다.”

샤오이라 불린 여인이 고개를 돌렸다.

동그란 안경 너머의 두 눈동자가 강영웅을 바라봤다.

진한 다크서클은 그녀가 얼마나 잠을 못 잤는지 적나라하게 보여주고 있었다.

“어? 오랜만이에요!”

그녀의 첫 마디에 영웅이 어리둥절한 표정을 지었다.

자세히 보니 어딘가 낯이 익었다.

하지만 도통 기억이 나지 않았다.

그러자 샤오이가 고개를 끄덕이며 말을 이었다.

“음음! 이해해요. 스쳐 지나가는 팬을 기억하는 선수는 거의 없죠.”

“죄송합니다. 그런데 어디서 만났었죠?”

“마이애미의 카페. 기억나세요?”

“카페⋯⋯.”

영웅은 평소 카페를 자주 가지 않는다.

특별한 일이 있지 않고서는 말이다.

특히 마이애미는 박형수와 함께 스프링캠프를 대비해서 개인 훈련을 진행했던 곳이다.

그곳에서 카페를 갔던 적은 두 번이다.

한 번은 예린과 비밀 데이트를 했을 때 갔었다.

그리고 다른 한 번은.

“아⋯⋯! 저한테 투구 폼이 왜 그러냐고 물어보셨던?”

“정답입니다!”

이제야 기억이 났다.

당시 카페에서도 많은 양의 책을 쌓아두었던 게 인상 깊었다.

"여기서 일하셨어요?"

"네, 당시에는 대학생이었습니다. 졸업을 하고 지금은 김박사님 밑에서 공부하고 있어요."

"두 사람이 알고 있었나 보군요."

김성일이 대화에 끼어들었다.

샤오이가 전에 있었던 일을 설명했다.

"그렇게 됐군. 그럼 샤오이가 강영웅 선수의 테스트를 진행하도록 해."

"알겠습니다!"

W.S.M에 온 이유는 하나. 자신의 몸 상태를 제대로 알기 위해서다. 그러기 위해서는 검사가 필수적이었다.

샤오이의 안내를 받아 검사장으로 향했다.

그전에 도착한 곳은 탈의실이었다.

"안에 들어가면 로커가 있어요. 그 안에 갈아입을 옷이 있습니다."

샤오이가 카드를 건넸다.

로커에서 옷을 갈아입고 나오자 다시 이동이 시작됐다.

'정말 넓네.'

프로그레시브 필드나 메이저리그의 그 어떤 구장보다도 넓은 거 같았다.

게다가 지금 움직이는 본관을 제외하고도 비슷한 크기의

별관들이 십여 개가 더 있었다.

'어떻게 운영되는 거지?'

이 정도 규모의 재단을 운영하려면 막대한 금액이 필요할 거다.

그것들을 어떻게 충당하는지 궁금했다.

로비를 지나 맞은편 복도로 들어가자 여러 개의 문이 보였다.

그 위에는 명패가 붙어 있어 문 안쪽에서 무슨 일을 하는지 알 수 있었다.

샤오이는 그중에 하나의 문을 열고 들어갔다.

내부에는 여러 기계가 놓여 있었다. 가장 눈에 띄는 건 둥그런 캡슐과 같은 기계였다.

"저건 뭐죠?"

"간단히 설명하면 바디 체크기예요. 사람의 신체를 전체 스캔을 해서 데이터화를 하는 기계입니다. 정확도는 현재 상용화된 모든 기계 중 가장 뛰어난 녀석이죠. 저 안에 들어가시면 돼요."

샤오이가 시키는 대로 영웅은 캡슐 안에 들어갔다.

컴퓨터를 조작하자 캡슐의 문이 닫혔다. 곧 캡슐이 돌아가면서 푸른색의 빛이 영웅의 몸을 훑고 지나갔다. MRI를 찍을 때와는 다른 기분이었다.

삐익—!

"끝났어요."

캡슐의 문이 열렸다.

"벌써요?"

"네, 검사 결과도 금방 나올 거예요. 다시 박사님을 뵈러 갈까요?"

그러면서 샤오이가 앞장섰다.

김성일은 컴퓨터 앞에 앉아 있었다.

모니터에는 영웅의 데이터가 실시간으로 들어오는 중이었다.

"대단하군."

웬만하면 감탄을 잘 하지 않는 그였다. 하지만 영웅의 신체 데이터는 감탄을 금치 못하게 만들었다.

"전성기 정찬열보다 뛰어난 신체 밸런스라니."

그동안 많은 선수를 만나온 김성일이다.

야구만이 아니라 스포츠 전 분야의 선수들이 이곳에 찾아와 훈련과 재활을 요청했다.

그 결과 엄청난 데이터가 모였다.

그중에서도 가장 뛰어난 건 역시 정찬열이었다. 전성기 시절 정찬열의 신체 데이터를 넘어서는 선수는 찾기 어려울 지경이었다.

그런데 영웅이 그걸 넘어서고 있었다.

'근육의 분포가 무척이나 잘되어 있다. 전신에 빈틈이 없을 정도로 꽉 차 있어. 유연성도 뛰어나다. 이 정도라면 아주

어릴 때부터 엘리트 교육을 받았다는 소리인데.'

영웅의 어린 시절은 잘 알려져 있었다.

어려운 집안 환경에서 어렵게 시작한 야구였다.

드라마 같은 인생역전에 많은 사람들이 관심을 가지고 또 열광했었다.

즉, 엘리트 교육을 받을 만한 환경이 아니었단 소리다.

'흥미가 생기는군.'

자료를 내려놓자 곧 영웅의 일행이 들어왔다.

"이쪽으로 앉으시죠."

영웅이 앉자 김성일이 모니터를 보여주며 설명을 이어갔다.

"여기 보시면 현재 강 선수의 신체 데이터를 수치화했습니다. 100점 만점으로 70점 이상부터는 메이저리그 선수급으로 보시면 됩니다."

설명을 듣자 대충 데이터에 나온 수치를 이해할 수 있었다.

한데 수치가 너무 낮았다.

전체적인 근력 평균 점수가 73점밖에 나오지 않았다.

유연성이나 회복력은 80점을 넘어 괜찮은 수준이었다.

메이저리그를 제패했다 해도 과언이 아닌 영웅의 데이터라고는 믿기 어려웠다.

실망한 걸 눈치채서일까?

김성일이 설명을 덧붙였다.

"시즌이 끝난 뒤에는 대부분 신체 데이터가 떨어집니다. 그럼에도 이 정도 수치라는 건 매우 잘 나온 겁니다."

"아······."

"강 선수의 데이터를 보면 그간 많은 공을 던졌음에도 부상이 적었던 이유를 알 수 있습니다. 대부분 신체 데이터가 평균을 상회하고 있기 때문이죠."

모니터 한곳을 손으로 가리켰다.

"이게 근육의 유연성을 데이터화시킨 겁니다. 부상으로 운동을 하지 못하고 시즌이 끝났는데도 83점을 기록하고 있습니다. 매우 높은 수치죠. 알고 계시겠지만 유연성이 좋으면 부상의 위험이 낮아집니다."

설명은 계속됐다.

하나같이 좋은 이야기들이었다.

그렇기에 영웅의 의문을 풀어주기에는 무리였다.

설명을 듣던 영웅이 자신의 의견을 내비쳤다.

"박사님, 신체 데이터를 봤을 때 이상이 없는 거 같은데. 어째서 제가 월드시리즈에서 부상을 입었던 거죠?"

질문을 받은 김성일이 키보드를 조작했다. 단축키를 몇 개 누르자 모니터의 화면이 전환됐다. 3D 그래픽으로 재현된 인형이 마운드 위에 서 있었다.

"이건 강영웅 선수의 신체 데이터를 기반으로 만들어진 아바타입니다. 여기에 강 선수의 평소 투구 폼을 입력을 히면."

타다다닥─!

키보드를 빠르게 눌러 데이터를 입력했다. 마지막으로 엔터를 누르자 아바타가 투구를 시작했다.

다리를 차올린 아바타는 곧 상체를 비틀었다.

"제 투구 폼이군요."

"맞습니다."

다시 엔터를 누르자 아바타가 그대로 멈추었다.

데이터를 입력하자 각 신체 부위에 수치가 떴다.

"이건 뭔가요?"

"투구 동작에 들어갔을 때 각 신체 부위에 입는 대미지입니다."

"그런 것도 알 수 있나요?"

"신체 데이터만 얻을 수 있다면 가능합니다. 관절과 근육의 가동 범위를 측정하고 몸이 움직일 때 생기는 속도와 환경을 적용……."

김성일의 설명이 이어졌지만 사실 다 알아들을 수 없었다.

점점 전문적으로 파고들자 샤오이가 말을 끊었다.

"박사님, 일반인들은 그렇게 설명하면 못 알아들어요."

"아…… 그렇지. 알아보기 쉽게 색깔로 표현을 하도록 하죠."

다시 키보드를 조작했다.

곧 아바타의 신체 부위의 색깔이 변했다. 초록색, 노란색, 빨간색으로 표시가 됐다.

"초록색은 정상, 노란색은 압력을 받고 있는 상황, 그리고 빨간색은 과한 압력을 받고 있다고 생각하시면 됩니다."

간단하니 알아듣기 쉬웠다.

"지금은 허리와 상체가 빨간색이네요."

"많은 전문가가 이미 예상했겠지만 강 선수의 투구 폼은 비정상적인 폼입니다. 상체를 그렇게까지 비튼다면 근육에 부담이 될 수밖에 없습니다."

"하지만 지금까지는 통증이 없었는데요?"

"그 부분은 강 선수의 유연한 근육 덕분이라고 말할 수 있습니다. 이건 메이저리그 선수들의 평균 근육 유연성입니다."

모니터 오른쪽 상단에 수치가 나타났다.

76이라 나타난 수치, 그리고 그 밑에 또 85라는 숫자가 나타났다.

"밑에 있는 건 강 선수의 수치입니다. 즉, 유연성이 높았기 때문에 부상을 피할 수 있었다. 이렇게 말할 수 있겠죠. 하지만 한계는 분명 존재합니다. 그게 월드시리즈에서 나타났고 말이죠."

김성일의 설명은 계속 됐다.

요약하면 이랬다.

많은 이닝과 투구 수, 그리고 비정상적인 투구 폼과 빠른 강속구의 남발로 인해 한계에 달한 것이다.

"거기에 결정타를 날렸던 것이 짧은 휴식과 잦은 기용이었습니다. 그런 기용법은 선수를 망치는 지름길이죠."

지금까지는 여러 전문가가 말했던 내용들이다.

메이저리그에서 가장 핫한 투수인 강영웅의 부상이었다.

수많은 전문가와 언론들이 나서 그 이유를 찾으려 노력했다.

그 결과 한 가지 의견에 입이 모아졌다.

200이닝 후반에 이르는 많은 투구 수.

포스트시즌에 이르러 나온 짧은 휴식.

그리고 영웅의 비정상적인 투구 폼.

세 가지 이유로 부상이 왔다는 것이다.

김성일은 이후에도 그 이유에 대한 데이터로 설명을 해주었다.

과학이 발전하면서 야구도 발전했다.

선수들이 플레이하는 모든 것을 데이터화시켜 역사에 남겼다.

마음만 먹으면 경기 당일의 날씨와 상황까지 모두 알아낼 수 있었다.

김성일의 컴퓨터에는 그런 자료들이 빼곡했다.

영웅의 데이터를 상세하게 입력하는 것에는 문제가 없었다.

설명이 이어질수록 영웅은 납득할 수밖에 없었다. 자신이 부상을 당한 이유를 말이다.

그러자 궁금한 것이 생겼다.

"그럼 지금 투구 폼으로 계속 공을 던지게 되면 어떻게 되는 겁니까?"

잠시 고민을 하던 김성일이 컴퓨터에 데이터를 입력했다.

"아직 수집된 자료가 적어 정확하진 않습니다. 하지만 매년 평균 투구 수를 산출하고 세월에 따른 육체의 노화 역시 데이터를 입력하면……."

계산이 이어지고 곧 결과가 나왔다.

"지금과 같은 상태로 공을 던진다면 서른 전후로 큰 부상이 올 가능성이 높아집니다."

충격적인 결과였다.

W.S.M 인근의 호텔.

영웅은 하루를 이곳에서 묵기로 했다.

"앞으로 7년이라······."

설마하니 그런 결과가 나올 줄은 꿈에도 몰랐다.

마치 시한부 인생을 선고받은 것 같았다.

"몸은 이제 아프지 않은데······."

그 결과를 어디까지 믿어야 될지 의문스러웠다.

지금은 몸이 아프지 않았다. 푹 쉬었더니 컨디션이 더욱 좋았다.

하지만 부상이란 건 지금 당장의 몸 상태로 결정이 되지 않는다.

김성일 역시 비슷한 의견을 내주었다.

"부상은 조금씩 쌓이는 겁니다. 지금 당장은 괜찮겠지만 쌓이고 쌓여 마지막에 터지는 거죠. 아마 앞으로도 작고 큰 부상이 꾸준히 올 가능성이 높습니다. 하지만 서른 전후로는 선수 생명을 걸어야 할 정도로 높은 부상이 올 가능성이 높아요."

선수 생명을 걸어야 한다.

이 말은 크게 다가올 수밖에 없었다.

영웅은 역사에 남는 선수가 되는 것이 목표였다. 당연히 긴 세월 동안 선수로 생활하고 싶었다.

물론 이는 데이터로 산정한 예상일 뿐이다. 반드시 부상이 온다고는 확신할 수 없었다. 김성일 역시 그 부분을 확실히 했다.

"지금의 폼으로 투구를 계속하면 부상의 위험은 확실히 높습니다. 하지만 백 퍼센트라고는 할 수 없습니다. 그러나 스포츠 의학을 공부하는 사람으로서 강영웅 선수의 투구 폼은 추천 드리지 않습니다."

트위스트는 영웅이 생각한 투구 폼이 아니었다.

꿈의 그라운드에서 잭이 던지는 걸 보고 영웅이 따라했던 것이다.

그렇기에 의미는 더욱 깊었다.

더 이상 만날 수 없기에 각별하고 애틋했다.

꿈의 그라운드와 자신을 연결해 주는 마지막 고리라고 생각했다.

'포기할 순 없어.'

잭은 영웅에게 있어 또 한 명의 아버지다.

자신이 지금의 위치에 있게 해준 은인이자 스승이었다.

특별한 수밖에 없는 존재였다.

그런 사람과의 고리를 스스로 끊을 수 없었다.

'정답을 찾으러 왔던 것인데……'

오히려 더 큰 문제에 직면한 영웅의 머리는 그 어느 때보다 혼란스러웠다.

그는 결정을 내렸다.

당장 투구 폼에 손을 대지 않겠다고 판단을 내렸다.

그런 의사를 김성일 박사에게 전달했다.

그러자 뜻밖의 대답이 들려왔다.

"그 선택도 어떻게 보면 옳습니다. 저희 스포츠 의학자들은 어디까지나 선수를 서포트합니다. 선택은 선수가 내리는 것이죠."

"좋은 말씀을 많이 해주셨는데 죄송합니다."

"신경 쓰지 마세요. 저도 정찬열 그 친구에게 신세를 진 게 많으니 이 정도는 괜찮습니다. 마지막으로."

김성일의 눈이 진지하게 변했다.

"강영웅 선수의 투구 폼은 부상이 따라올 수밖에 없습니다. 특히 지쳤을 때 더 위험해집니다. 체력이 뒷받침됐을 때는 최적의 포지션에서 공을 던질 수 있습니다. 하지만 밸런스가 조금이라도 깨진다면 몸에 가중되는 압력은 더욱 커질 수밖에 없습니다."

영웅이 고개를 끄덕였다.

월드시리즈에서의 부상 역시 체력 저하로 인해 나타났기 때문이다.

"그걸 피하기 위해서는 몸 만들기를 지금보다 훨씬 더 체계적으로 가야 됩니다. 특히 척추 주변의 근육을 강화시켜야 됩니다."

"조언 감사합니다."

마지막까지 자신을 챙겨주는 김성일의 모습에 영웅은 진심으로 감사의 인사를 전했다.

대화가 끝나고 W.S.M을 나올 무렵.

샤오이가 입구에서 기다리고 있었다.

"폼, 교정하지 않기로 했다면서요?"

"네."

"분명 투수가 투구 폼을 교정한다는 건 매우 위험한 선택이죠. 하지만 강영웅 씨의 몸에는 시한폭탄이 장착된 거예요. 그것도 언제 터질지 모르는. 그래도 괜찮은 건가요?"

"괜찮습니다. 이 투구 폼은 제게 특별한 의미거든요."

"이해할 수 없네요. 선수 생활을 오래하는 것보다 더 큰 의미가 뭐가 있다는 거죠?"

"있습니다. 남들은 이해하지 못할 저만의 비밀이 말이죠. 이번에 많은 조언과 도움 감사했습니다."

고개를 숙인 영웅이 최성재와 함께 차에 올랐다.

샤오이는 그 자리에 서서 한참 동안 멀어지는 차를 바라봤다.

12월.

영웅은 본격적인 훈련에 들어갔다.

몸을 만드는 데 집중했다. 이번에도 혼자가 아니었다. 박형수와 함께였다. 그리고 전문 트레이너들을 약 2개월간 고용했다. 식습관을 관리해 줄 영양 관리사도 포함됐다.

체계적인 시스템 아래 영웅은 천천히 몸을 회복시켜 나갔다.

"척추 부근의 근육을 강화시키고 싶습니다."

"척추라……."

트레이너 해밀턴은 곧 고개를 끄덕였다.

"미스터 강의 투구 폼이라면 확실히 그쪽의 근육을 강화시킬 필요가 있죠. 알겠습니다. 참고해서 프로그램을 짜도록 하겠습니다."

단번에 의도를 이해했다.

만족할 만한 대답에 영웅은 훈련에 열중했다.

그사이 최성재는 구단과 협상을 계속 해나가고 있었다. 당연하게도 구단에서 애가 타고 있었다. 그들의 입장에선 에이스 투수를 반드시 잡아야 됐다.

일각에서 재기되는 월드시리즈 부상이나 투구 폼의 위험도는 아예 신경도 쓰지 않고 있었다.

한 시즌 20승 이상을 할 수 있는 투수다.

실제 세 번의 시즌에서 그가 올린 승수는 50승이 넘었다.

이런 선수는 메이저리그 역사에서도 찾아보기 힘들었다.

놓치는 게 이상한 일이었다.

문제는 다년 계약이 아닌 단년 계약이라면 너무 높은 인상을 할 수 없다는 것이었다.

레이널드 단장은 그 점에 있어 매일같이 고민하고 있었다.

"연봉 조정은 매년 해야 된다. 너무 높은 인상률을 보이면 곤란해."

한 번의 조정으로 끝나는 게 아니다. 앞으로 FA가 될 때까지 계속해서 연봉 인상을 고려해야 했다.

그런 점에서 봤을 때 다년 계약이 구단의 입장에선 더 좋은 선택이었다.

하지만 상대가 나빴다.

'최성재라는 거물이 버티고 있다.'

에이전트계에서 최성재가 가지고 있는 입지는 대단했다.

사십 대의 젊은 에이전트.

게다가 한국에서 시작한 그가 빠르게 미국 시장에 자리를 잡았다.

각종 종목의 선수들과 계약을 맺고 훌륭한 연봉을 받아냈다.

메이저리그 역시 마찬가지였다.

그가 맡은 선수들은 예상치보다 높은 연봉을 손에 쥐었다.

또한 먹튀가 거의 없었다.

예상치 못한 상황을 제외하고는 그가 맡은 선수들은 준수한 활약을 이어갔다.

그러다 보니 구단들 입장에서도 그를 무시할 수 없었다.

또 하나.

강영웅은 인디언스에 있어 가장 중요한 선수란 점도 걸림돌이었다.

'자칫 잘못해서 그의 마음이 상하기라도 한다면……'

팀의 입장에선 강영웅은 놓쳐서는 안 되는 선수로 분류를 할 수밖에 없었다.

연봉 조정 협상은 팀과 선수 중 유리한 위치에 있는 사람은 없었다. 공평한 위치에서 협상을 해야 했다.

조정에 들어간다 하더라도 승률은 반반으로 봐야 했다.

통계적으로는 구단이 조금 더 유리하지만 그 정도 차이는 없다고 봐야 한다.

오히려 강영웅은 선수가 더 유리하다 볼 수 있었다.

만약 조정에서 나온 금액을 구단이 거부한다면 영웅은 바로 FA가 되기 때문이다.

시기상 대부분의 팀이 풀을 확정지은 상태지만 강영웅 같은 거물을 놓치지 않으려 할 것이다.

그렇기에 레이널드 입장에서는 여러 가지로 골치를 썩을 수밖에 없었다.

"지금까지 단장 생활을 하면서 가장 머리 아픈 순간이군."

소파에 몸을 기대며 두통을 해소하기 위해 위스키를 들이켰다.

영웅의 계약 소식은 좀처럼 들려오지 않았다.

원래 연봉 조정 협상의 계약은 대부분 12월 말이나 1월쯤에 들려온다.

거물급 선수들의 경우 일찍 들려오는 경우도 있지만 이례적인 부분이었다.

시간이 길어졌지만 언론들의 관심은 사그라들지 않았다. 매일같이 그의 계약에 관한 기사가 업로드됐다.

사람들의 관심을 한 몸에 받고 있는 영웅은 내년 시즌을 위해 오늘도 열심히 땀을 흘리고 있었다.

"후우……! 후우……!"

불가리안백을 잡고 빠르게 스핀을 하는 그의 모습에 트레이너는 혀를 내둘렀다.

'어제 처음 불가리안백을 잡았는데. 하루 만에 저 정도까지 익숙해지다니.'

불가리안백은 반원 형태의 훈련 도구다.

무게는 다양한데 영웅이 사용하는 건 22kg짜리였다.

처음에는 어려워하는 게 눈에 보였다.

기본적으로 전신과 코어 훈련이 동시에 되는 불가리안백은 초보자들이 가장 어려워하는 도구 중 하나였다.

스핀은 불가리안백 운동 중 가장 기초적인 운동이지만 또 어려운 운동이기도 했다.

불가리안백이 계속 회전을 하면서 강한 원심력을 낸다.

튕겨 나가려는 걸 잡고 있어야 되니 전완근과 악력이 단련이 된다.

또한 원심력에 몸이 끌려 나가는 걸 잡아주니 코어 강화에도 큰 도움이 됐다.

하체는 단단하게 몸을 지탱해 줘야 되니 당연히 도움이 됐고 말이다.

실제 불가리안백은 올림픽 레슬링 선수들이 자주 사용하는 훈련법 중 하나였다.

최근에는 대중에게도 많이 알려졌을 정도로 인기 있는 운동법이었다.

영웅도 이 운동의 매력에 빠지고 있었다.

체력이 강한 그조차 금방 호흡이 가빠지고 땀이 비 오듯 쏟아졌다.

"오케이! 스톱."

충분한 훈련과 충분한 휴식.

두 가지가 병행되어야 최고의 컨디션을 유지할 수 있었다.

영웅은 트레이너들의 요구를 정확히 수행하는 훌륭한 선수였다.

"후우……."

음료를 마시며 호흡을 고르던 영웅은 스마트 워치를 통해 날짜를 확인했다.

12월 23일.

내일이 크리스마스 이브였다.

예전에는 별다른 일 없이 보냈던 영웅이다.

하지만 올해는 다르다.

예린이 미국에서 공연을 하기로 되어 있었다.

크리스마스 특별 공연이었다.

그 공연이 끝난 뒤에 데이트를 하기로 했다.

첫 크리스마스이브 데이트다.

무척이나 기대가 됐다.

"자! 다시 시작!"

하지만 그전에 지옥 같은 훈련을 견뎌내야 했다.

"훅! 훅!"

영웅은 쉼 없이 불가리안백을 돌리며 내년 시즌을 준비하고 있었다.

예린이 속한 걸스는 명실상부 한국 최고의 여자 아이돌 그룹이 됐다.

하지만 최근 일부 언론에서 7년 차 징크스를 두고 해체 이야기가 나오고 있었다.

한국 아이돌의 계약 기간은 7년으로 정해져 있다. 이는 법적인 것이기에 같을 수밖에 없었다.

그래서 대부분의 기획사는 계약기간이 끝나기 전에 새로운 계약을 맺는다.

그러나 걸스의 계약 소식은 전해지지 않고 있었다.

최고의 위치에 있는 그녀들이다 보니 여러 곳에서 러브콜을 받고 있었다.

실제 멤버들은 여러 분야에서 활약 중이었다.

연기, 사업, 예능 등.

다양한 분야에서 자신들만의 끼를 뽐냈다.

유일하게 연예계에서 다른 활동을 하지 않는 사람이 바로 예린이었다.

그녀는 간혹 예능에 얼굴을 비추기는 했지만 크게 두각을 드러내지 않았다.

불러주는 곳이 없는 건 아니었다.

예린은 걸스 멤버들 중에서도 매우 인기가 높은 축이었다.

팀에서 두 번째로 인기가 많았다.

영웅과의 열애 인정이 아니었다면 첫 번째가 됐을 게 분명

했다.

그런 인기에도 예린이 예능이나 다른 활동을 하지 않는 건 한 가지 이유였다.

"오빠!"

그녀의 부름에 호텔 로비에서 기다리고 있던 남자가 고개를 돌렸다.

환하게 웃는 그의 모습을 본 예린의 입가에도 미소가 그려졌다.

"왔어?"

"오래 기다렸죠? 미안해요! 차가 너무 밀려서……."

"아니야. 나도 방금 왔는걸."

그러면서 영웅이 뒤에 감추고 있던 손을 꺼냈다.

거기에는 장미꽃 한 다발이 들려 있었다.

꽃다발을 본 예린의 얼굴이 환하게 빛났다.

"메리 크리스마스."

"고마워요!"

마치 이 세상을 다 가진 사람처럼 행복한 미소를 지어 보인 그녀가 영웅의 팔짱을 꼈다.

쑥맥인 것처럼 보이면서도 기본은 할 줄 아는 남자.

자신을 사랑해 주고 자신이 사랑하는 이 남자를 위해서 연예계를 포기하기로 마음을 다잡았다.

꿈을 포기한 게 아니다.

이루고 싶은 꿈이 변한 것뿐이었다.

'오빠와 행복해지고 싶어.'

그게 그녀의 소망이었다.

"올라갈까?"

"네!"

두 사람은 그 어느 때보다 따뜻한 크리스마스이브를 보내기 위해 엘리베이터에 몸을 실었다.

새해가 밝았다.

뜨거웠던 스토브리그가 마감이 되고 있었다.

다수의 팀이 많은 변화를 맞이했다.

클리블랜드 인디언스 역시 마찬가지였다.

먼저 감독이 교체됐다.

기존의 밀러 감독이 사퇴를 했다.

해임이 될 것이란 예상이 지배적이었다.

하지만 의외로 구단 측에서는 밀러 감독의 계약을 끌고 가기로 결정했다.

그러나 스스로 사퇴를 하기로 결정한 밀러 감독이다.

그러면서 인터뷰에 아직 부족함이 있어 다시 공부를 하겠다고 밝힌 밀러였다.

두 번째로 투수진의 다양한 선수가 빠져 나갔다.

베테랑들을 다른 팀으로 트레이드를 보내고 신인급 선수들을 데려왔다.

원래 젊었던 팀이 한껏 더 젊어진 것이다.

일각에서는 리빌딩을 시도하는 게 아니냐는 의견도 나왔지만 그건 아니었다.

원래 젊은 팀이었기에 리빌딩은 어불성설이었다.

그저 연봉의 풀을 줄일 뿐이었다.

사실 베테랑을 다수 데려왔던 건 밀러 감독의 요구 때문이었다.

감독이 교체된 이상 신인들에 비해 높은 연봉을 받는 베테랑들을 데려갈 이유가 없어진 것이다.

주요 선수들과 재계약을 맺으며 스토브리그를 끝내가고 있는 인디언스.

하지만 마지막 산이 남아 있었다.

바로 영웅과의 연봉 조정이었다.

그 일을 마무리 짓기 위해 프로그레시브 필드의 사무실에서 세 사람이 얼굴을 마주했다.

레이널드 단장, 최성재, 그리고 강영웅.

당사자들이 처음으로 대면하는 자리였다.

"오랜만입니다. 훈련을 하고 있다 들었습니다. 잘되고 계시나요?"

레이널드 단장이 특유의 사람 좋은 미소를 지으며 말했다.

영웅도 미소로 화답했다.

"예, 다음 시즌을 위해 열심히 훈련을 하고 있습니다."

"벌써 기대가 되네요."

상투적인 대화가 오갔다. 본론을 꺼낼 타이밍을 보고 있는 것이었다.

"새로운 감독님이 강영웅 선수에 대해 관심이 매우 높습니다."

"그러신가요?"

"예, 자신의 올 시즌 구상에 강영웅 선수가 반드시 필요하다고 하더군요. 그래서 계약을 빠르게 해결해 달라는 요청이 있었습니다."

레이널드 단장이 먼저 본론을 꺼냈다.

"그럼 슬슬 본 이야기로 들어갈까요?"

최성재가 대화를 정리했다.

레이널드도 고개를 끄덕여 동의를 표했다.

"구단 측에서는 강영웅 선수와 다년 계약을 원합니다."

최성재를 통해 몇 번이나 들었던 부분이다.

중요한 건 조건이다.

조건 중에서도 가장 중점적으로 봐야 되는 건 역시 금액이었다.

"4년 계약서에 서명을 해주신다면 금액은 1,800만 달러까지 맞출 수 있습니다."

7,200만 달러짜리 계약이다.

나쁘지 않았다.

첫 연봉 조정 협상에서 천만 달러가 넘는 사례를 기록한 케이스는 두 번 있었다.

그 두 명 모두 1,000만 달러 언저리에서 계약을 했다.

그만큼 인디언스에서 영웅의 성적을 높게 평가했다는 뜻이다.

사실 두 명의 기록은 영웅의 루키, 2년 차, 3년 차 기록에 비해 떨어진다.

그나마 비슷한 게 팀 린스컴의 2년 연속 사이영 상이다.

하지만 그 역시 영웅에 비해서는 임팩트가 떨어졌다.

실제 WAR을 비교해도 당시 팀 린스컴이나 클레이튼 커쇼보다 영웅이 더 높게 측정됐다.

팀 린스컴의 절정기라 불리던 08년과 09년.

bwar은 7.9와 7.5를 기록했다.

반면 영웅은 21시즌에서 11.7, 22시즌에서는 10.5를 기록했다.

이는 2000년 페드로 마르티네즈와 비슷한 수치였다.

외계인이라 불리는 전설의 투수와 어깨를 나란히 한 것이다.

통상적으로 war 1당 연봉 500만 달러의 가치가 있다고 판단한다.

그 말을 그대로 적용하면 영웅의 연봉은 5,500만 달러가 된다.

현 메이저리그에서 4,000만 달러 이상의 연봉을 받는 선수들도 있었다.

하지만 5,000만 달러는 아직 없다.

또한 영웅의 현 상황에선 그 정도 수치까지 올라간다는 건 무리다.

앞으로 한 번.

4년 차 시즌을 잘 마무리한다면 연봉 조정 협상이 또 가능하다.

그때라면 3,000만 달러 이상의 고액 계약이 가능하다.

즉, 4년간 7,200만 달러까지 계약을 맺는 건 어불성설이란 소리였다.

"거절합니다."

최성재의 입에서 즉답이 나왔다.

레이널드는 당황하지 않았다.

이미 예상했기 때문이다.

"계약 기간이 짧아진다면 총액 역시 줄어들 수밖에 없습니다."

"뭐, 그건 당연한 거죠. 하지만 연봉은 그 정도 수준이 좋을 거 같습니다."

레이널드의 눈썹이 꿈틀거렸다.

1년 연봉 1,700만 달러.

영웅의 22시즌 연봉이 65만 달러였다.

즉, 20배를 훌쩍 넘는 상승률을 요구한 것이다.

"너무 높은데요?"

"그렇습니까? 제 의뢰인이 어떤 성적을 냈는지 잘 아실 텐데요?"

역공이 들어왔다.

대답이 무척이나 중요한 상황이 됐다.

부정적으로 답하면 강영웅의 성적을 부정하는 답변이 될 수도 있다.

긍정적으로 나간다면 상대의 작전에 휘말리게 된다.

즉, 긍정도 부정도 아닌.

중도의 대답을 들려주어야 했다.

"물론 강영웅 선수의 성적은 메이저리그 역사에 남을 겁니다. 전무한 성적이었으니 말이죠. 그래서 구단 측에서도 역사에 남을 연봉을 제시한 겁니다."

최성재가 속으로 웃었다.

상대의 대답은 정답이었다.

레이널드 단장이 제시했던 4년간 연평균 1,700만 달러의 연봉은 연봉 조정 첫해에 받을 수 있는 금액이 아니다.

실제 클레이튼 커쇼나 팀 린스컴은 4년 차에 1,000만 달러에 미치지 못하는 연봉을 받았다. 5년 차가 된 뒤에야 1,000만 달러를 넘겼다.

그런데 영웅은 4년 차에 1,700만 달러다. 이는 메이저리그 역사상 유례를 찾아보기 힘든 경우였다.

"하지만 단년 계약이라면 규모는 작아질 수밖에 없습니다. 강영웅 선수가 올 시즌에도 좋은 활약을 펼칠 걸 알기 때문입니다."

올해 역시 22시즌과 같은 성적을 올린다면?

구단 측에서는 연봉 상승에 대해 부담을 가질 수밖에 없었다.

앞으로도 마찬가지다.

영웅이 FA가 되는 7년 차에는 상상도 할 수 없는 금액을 안겨줘야 했다.

그런 점을 보았을 때 1,700만 달러는 분명 높은 금액이었다.

그리고 그 사실은 최성재나 강영웅 역시 알고 있었다.

이곳에 오기 전, 두 사람은 따로 미팅을 가졌다.

그 자리에서 최성재는 자신의 플랜을 강영웅에게 알려주었다.

"단년 계약, 많아도 2년 계약으로 갈 계획입니다. 금액은 3,000만 달러, 그 정도를 예상으로 잡고 있습니다."

3,000만 달러.

한화로 따지면 350억이 넘는 금액이다.

일 년에 몇 억의 돈을 벌고 있는 영웅이지만 백억이 넘는다는 돈은 상상도 할 수 없었다.

하지만 영웅은 스스로의 가치를 잘 알고 있었다.

가장 뛰어난 선수들이 모인다는 메이저리그.

그곳에서 가장 좋은 성적을 내는 투수가 바로 자신이었다.

비록 여러 상황이 맞물려져 있어 최고 연봉은 어렵겠지만 충분히 받을 가치가 있다.

그것이 영웅의 판단이었다.

"저도 한 말씀 드려도 되겠습니까?"

듣기만 하던 당사자가 입을 열었다.

레이널드 단장은 물론 최성재 역시 놀란 눈으로 그를 바라봤다.

"물론입니다."

"지난 3년간, 저는 팀에 많은 기여를 했다고 생각합니다. 단장님의 생각은 어떻습니까?"

"당연히 그렇게 생각합니다."

"메이저리그 전체를 통틀어도 좋은 성적을 냈다고 생각합니다. 동의하시나요?"

"물론입니다."

최성재의 눈이 빛났다.

영웅이 하려는 말을 눈치챘기 때문이다.

"전 팀을 위해 최선을 다했습니다. 지난 시즌에는 300이닝 가까이 공을 던졌습니다. 그런 노력에 대한 보답을 해주시리라 믿겠습니다."

레이널드의 얼굴이 사색으로 물들었다.

'외통수군.'

최성재 역시 속으로 감탄을 터뜨렸다.

영웅은 메이저리그 최고의 투수다.

인디언스 역시 놓칠 생각은 추호도 없었다. 또한 이번 협상에서 영웅의 기분을 상하게 할 의도도 없었다.

그런 상황에서 영웅은 최후의 통보를 했다.

내 노력에 대한 보답을 보여라.

즉, 다음 만남에서 구단이 내보일 협상안은 그간 강영웅의 성적을 금액으로 환산한 구단의 입장이다.

만약 여기서 잘못된다면 영웅은 나름대로의 방법을 강구할 것이다.

방법은 여러 가지가 있다.

레이널드 단장의 머리에도 그 다양한 방법이 떠오르고 있을 것이다.

　　그가 할 수 있는 대답은 하나밖에 없었다.

　　"……알겠습니다. 논의 후 다시 연락을 드리도록 하겠습니다."

　　"감사합니다."

　　첫 번째 만남이 그렇게 끝이 났다.

　　영웅은 자신의 방에 누워 있었다.

　　첫 만남이 끝난 후.

　　최성재가 의외라는 듯 질문을 던져왔던 게 생각난다.

　　"어떻게 그런 생각을 하셨습니까?"

　　웃음이 지어졌다.

　　자신만의 생각이 아니었기 때문이다.

　　꿈의 그라운드.

　　영웅이 야구를 시작한 이래 그곳에서 배웠던 것은 뼈와 살이 되어왔다.

　　연봉 협상에서도 다르지 않았다.

　　"간혹 높은 연봉을 받는 선수들에게 비난을 쏟아붓는 사람들이 있다.

거기에 상처받을 필요는 없다. 충분한 성적이 뒷받침이 된다면 비난은 사라질 테니까 말이다. 만약 그런데도 비난을 한다면 그 사람이 이상한 거다. 원래 세상에는 무작정 비난을 해야 하는 사람들도 있는 법이니까 말이다."

그 말대로였다.

영웅이 별다른 잘못을 한 것도 없지만 무작정 비난을 하는 사람들이 있었다.

메이저리그 진출을 결정할 때부터 비일비재하게 일어났다.

실제 3년간 자신의 기사에 모두 나타나 악플을 다는 사람도 있었다.

최성재의 요청으로 현재는 민·형사상 고소까지 염두에 두고 있었다.

"연봉이 중요한 이유는 선수의 가치를 드러내기 때문이다. 야구에는 기록이란 것이 존재하지만 야구를 잘 모르는 사람들에게는 그런 것들이 어려울 수도 있다. 하지만 연봉은 다르다. 돈이라는 건 모든 사람이 사용하기 때문에 어려울 수가 없다. 그러니 너의 가치를 진정으로 인정받으려면 충분한 연봉을 받아야 된다."

그 조언에 따라 영웅은 움직였다.

오로지 자신의 가치를 위해서 말이다.

며칠 뒤.

프로그레시브 필드 미디어룸에는 수많은 기자가 모여 있었다.

그들의 목적은 단 하나.

메이저리그 최고의 에이스로 거듭난 한 선수의 계약을 취재하기 위해서였다.

그때 룸의 문이 열리고 일단의 무리가 들어왔다.

파파파팟-!

카메라들이 연달아 플래시가 터졌다.

환한 빛을 받으며 정장을 입은 남자가 안으로 들어왔다.

그는 영웅이었다.

이제는 익숙해진 클리블랜드 인디언스 유니폼을 입은 그가 자리에 앉았다.

이미 착석해 있던 레이널드 단장이 자리에서 일어났다.

"오늘 기쁜 소식을 전하게 되어 기쁩니다. 우리 클리블랜드 인디언스는 강영웅 선수와 앞으로 2년 계약에 합의했습니다."

2년간 3,200만 달러.

한화로 따지면 380억이 넘는 돈이다.

세금을 납부하고도 엄청난 연봉을 손에 쥔 것이다.

하지만 언론의 반응은 달랐다.

"ESPN의 마크입니다. 일각에서 강영웅 선수의 연봉이 이

천만 달러가 넘을 것으로 예상했습니다. 예상보다 낮은 금액에 사인을 하신 이유가 무엇입니까?"

사람들의 시선이 영웅에게 모였다.

어떤 대답이 나올지 제각각의 생각을 가진 채 지켜봤다.

"구단 측의 성의와 팬들의 성원을 무시할 수 없었습니다. 연봉도 중요합니다만 그게 전부는 아니니까요."

교과서적인 답변이 나왔다.

물론 사전에 준비된 대답이었다.

언론플레이.

프로로서는 반드시 갖추어야 할 스킬 중 하나였다.

그 모습을 지켜보는 최성재의 입가에 미소가 그려졌다.

'이제야 겨우 성적에 걸맞은 연봉을 받게 됐군요. 하지만 이제 시작입니다. 당신은 더 높은 곳으로 가게 될 겁니다.'

이번 계약으로 영웅은 기존의 3년 차 선수가 기록한 연봉 조정 기록을 경신하게 됐다.

5장
스프링캠프

한 달 뒤.

영웅은 스프링캠프에 참가했다.

2023시즌을 앞두고 열린 스프링캠프에서 대면한 감독 레온은 젊은 감독이었다.

40대로 감독 경력도 3년으로 짧았다.

하지만 워싱턴 화이트삭스를 훌륭하게 리빌딩시킨 점이 높이 평가받고 있었다.

첫 만남에서도 꽤 좋은 평가를 내릴 수 있었다.

무엇보다 자신을 대우해 주는 모습이 호감이었다.

캠프가 열리고 며칠이 지났다.

영웅의 불펜 피칭이 열리는 날이었다.

관계자들은 물론 여러 기자도 그를 취재하기 위해 찾아왔다.

"후우······."

불펜의 마운드에 선 영웅이 깊게 한숨을 쉬었다.

언론이나 많은 대중이 궁금해하는 게 있었다.

[과연 강영웅은 괜찮은 건가?]

22시즌 그의 마지막 경기.

월드시리즈 4차전.

이후 영웅은 공식석상에서 공을 던진 적이 없었다.

또한 공식적으로 그는 첫 번째 부상을 입었다.

이전에 생겼던 물집과는 비교도 되지 않는 부상이 말이다.

사람들의 의문이 풀릴 수 있는 것이 오늘이었다.

긴장한 표정의 기자들을 보며 레온 감독의 입가에 미소가 그려졌다.

'강은 괜찮다.'

사실 비공식적으로 영웅의 피칭을 확인했던 인디언스 수뇌진이다.

당연히 레온 감독도 포함되어 있었다.

촤앗-!

"던진다!"

다리를 차올린 영웅이 상체를 비틀었다.

이전과 다를 바 없는 투구 폼이었다.

한 가지 달라진 것은 뭔가 더 자연스럽게 변했다는 것이다.

모순이었다.

부자연스러운 투구 폼인데 자연스럽다니.

하지만 그 말밖에는 표현할 방법이 없었다.

비틀렸던 상체가 회전을 시작했다.

꼬여 있던 실이 풀리 듯 빠르게 회전한 상체가 원래의 자리를 찾았을 때.

스트라이드가 시작됐다.

'저렇게 길었던가?'

영웅의 스트라이드는 메이저리그에서도 긴 축에 속한다.

한데 지금은 더 길어진 느낌이었다.

발이 땅을 내딛자 팔로우스로와 함께 공을 뿌렸다.

쐐애애액−!

뻐엉−!

실내인 불펜에 굉장한 소리가 울렸다.

"우와~"

기자 중 한 명이 감탄을 터뜨렸다.

그만큼 대단한 공이었다.

그리고 기자들은 생각했다.

'우려는 우려일 뿐이었다.'

일각의 우려를 잠재운 영웅의 완벽한 복귀였다.

인디언스 캠프는 한층 더 젊어졌다. 기존에 있던 베테랑이 다수 트레이드 되면서 마이너리그에 있던 유망주들이 올라온 것이다.

그들은 패기가 넘쳤다.

자신이 가지고 있는 걸 보여주기 위해 마치 투견처럼 이빨을 드러내고 있었다.

그런 그들에게 강영웅은 좋은 목표였다.

팀에서 가장 뛰어난 투수를 넘어 리그 최고의 투수인 강영웅에게 좋은 모습을 보여준다면?

새로운 감독과 코치진에게 인상을 심어줄 수 있었다.

그렇기에 청백전의 열기가 다른 때보다 더 뜨거웠다.

영웅은 청팀에 배정됐다.

청팀에는 대부분 메이저리그 로스터에 포함되는 선수가 주를 이루었다. 그들의 컨디션을 확인해 보기 위해서였다.

백팀에는 마이너리그에서 올라온 유망주와 초청 선수들로 꾸려졌다.

두 팀의 대결은 많은 이의 관심을 모았다.

이유는 단연 강영웅 때문이었다.

불펜 피칭과 연습 경기에서의 피칭은 분명 다르다.

기자들은 모두 그걸 알고 있었다.

불펜 피칭에서 보여준 모습은 분명 부상 전과 다를 게 없었다.

하지만 연습 경기에서는?

레온 감독 역시 그것이 궁금했다.

그렇기에 청팀의 선발 투수로 강영웅을 기용했다.

파앙-!

파앙-!

마운드에서 가볍게 공을 던지는 영웅에게 많은 시선이 집중됐다.

백팀의 선수들은 하나같이 그런 영웅을 잡아먹을 듯한 눈빛이었다.

그들의 입장에서는 로스터에 든 선수들을 끌어내려야 자신들의 자리가 생기는 입장이었다.

투쟁심만은 대단했다.

"저 자식 공은 오늘 반드시 때리고 말겠어."

"야야, 넌 안 돼. 두고 봐. 내가 멋지게 담장 밖으로 날려 버릴 테니까."

아직 어리기에 두려움이 없는 유망주들이었다.

하지만 대부분의 사람은 오늘 유망주들이 영웅에게 영혼까지 털릴 거라 예상했다.

수준이 다르기 때문이다.

메이저리그에서도 최고 수준의 투수를 상대로 유망주들이 보여줄 것은 별로 없다.

역사가 그것을 말해주고 있었다.

그러나 예상이 깨지는 건 오래 걸리지 않았다.

딱-!

"오오!"

"때렸다!"

"잘 맞았는데?"

첫 타자가 3구를 받아쳐 중견수 앞에 떨어지는 안타를 만들었다.

"대단한데? 첫 타석에 안타를 만들어내다니 말이야."

기자들이 감탄했다.

두 번째 타자 역시 끈질긴 승부를 이어갔다.

특히 패스트볼은 계속 커트를 해냈다.

영웅의 패스트볼은 콘택트률이 45.3퍼센트로 매우 낮은 편이었다.

즉, 공이 존에 들어와도 제대로 때려내는 게 힘들다는 소리다.

그걸 마이너리그의 유망주들이 해내고 있었다.

"인디언스의 유망주들이 이렇게 잘했나?"

"그러게 말이야."

기자들은 단순 유망주들의 컨디션이 좋은 거라고 판단했다.

하지만 얼마 지나지 않아 그게 아님을 깨달았다.

'강영웅의 공이 이상하다.'

특히 패스트볼의 구속이 떨어졌다.

또 무브먼트 역시 평소와 달랐다.

시즌 전임을 감안해도 너무 달랐다.

또한 영웅은 예전부터 스프링 트레이닝 기간에도 매우 좋은 공을 던지기로 유명했다.

매년 오버 페이스 이야기가 나오는 이유다.

그랬던 영웅의 구속이 떨어졌다는 건 이상한 일이었다.

딱-!

"떴군."

"변화구가 적절하게 들어갔어."

점수는 내주지 않았다.

영웅의 변화구는 마이너리그 선수들이 칠 수 있는 수준이 아니었다.

하지만 패스트볼의 공략은 계속됐다.

의문은 점점 의심으로 바뀌었다.

'강영웅은 정상 컨디션이 맞는 건가?'

이날 영웅은 2이닝 동안 37개의 공을 던졌다.

안타 4개를 허용했지만 실점은 없었다.

첫 등판은 실패였다.

실점을 주지 않았지만 안타가 너무 많았다.

투구 수 역시 마찬가지였다.

역대 스프링캠프 중 가장 좋지 않은 성적표를 받은 셈이다.

한데 성적표를 받아 든 당사자는 무척이나 무덤덤했다.

코칭스태프는 그게 이상했다.

수장인 레온 감독은 그런 영웅을 염려했다.

높은 연봉을 받는 첫해다.

일각에선 '능력에 비해 적은 연봉이다'라는 평가를 하고 있지만 많은 돈이라는 건 변함이 없다.

그렇다면 부담이 될 수도 있다.

그게 아니라면 갑자기 많은 돈이 생겼으니 경기나 훈련보다 다른 쪽으로 신경을 쓸 수도 있었다.

젊은 선수들에게는 흔하게 볼 수 있는 패턴이었다.

'면담을 해야겠어.'

레온 감독은 강영웅을 호출했다.

감독실을 찾아온 영웅이 정중하게 고개를 숙였다. 동양적 인사법이지만 어느 정도 알기에 인사를 받았다.

"이쪽에 앉지."

"네."

두 사람이 마주 보고 앉았다.

"요즘 훈련은 어떤가? 잘되고 있나? 불편한 점은 없고?"

메이저리그 최고의 투수다.

그 어떤 감독이 오더라도 그를 함부로 대할 수 없었다.

"예, 괜찮습니다. 코치님들이 바뀌었지만 잘 대해주고 계셔서 불편한 점은 딱히 없습니다."

"그거 다행이군."

이런저런 이야기를 하며 분위기를 부드럽게 만들었다.

바로 본론을 꺼내는 건 레온 감독의 성향이 아니었다. 충분하게 대화를 통해 상대의 의중을 끌어내는 타입이었다.

"작년에 입었던 부상은 어떤가? 심하지 않다는 이야긴 들었었는데."

듣기만 했을까?

이미 보고를 받아 충분한 사전 자료를 입수한 레온이다.

그럼에도 이야기를 꺼낸 건 혹시 부상으로 인해 안타를 많이 맞은 게 아니었나 싶어서다.

"괜찮습니다."

"그렇군."

영웅은 레온 감독의 의중을 읽었다.

"혹시 첫 경기 때문에 그러시는 거라면 큰 걱정하지 않으셔도 됩니다."

"응?"

"미리 말씀드리지 못해 죄송합니다. 사실 작년에 비해 조금 변화를 준 것이 있습니다."

"변화를 줬다고?"

"네, 페이스를 조금 늦추고 있습니다. 작년 월드시리즈에서 체력이 떨어졌습니다. 그로 인해 충분한 역할을 해내지 못했습니다."

레온의 눈이 커졌다.

영웅의 작년 성적은 커리어하이라고 할 수 있었다.

투구 이닝만 보더라도 에이스 역할을 톡톡히 했다.

포스트시즌 역시 그는 자신을 희생했다.

자신만의 생각이 아니다. 모든 언론과 전문가들이 하는 소리였다.

그런데 본인에게서 자신의 역할을 하지 못했다는 말이 나오니 놀랄 수밖에 없었다.

"전 매년 이맘때에 거의 베스트 컨디션까지 페이스를 끌어올렸습니다. 하지만 그럴 필요가 없다는 걸 깨달았습니다."

경험을 통해 체득했다. 시즌에 맞춰 베스트 컨디션을 맞추면 된다는 걸 말이다.

"즉, 아직 베스트 컨디션이 아니다?"

"예, 그리고 또 한 가지 이유가 있습니다."

"그게 뭐지?"

"마이너리그 선수라고는 하나 동료입니다. 굳이 전력을 다할 필요는 없었습니다."

맞는 말이다.

어찌 보면 오만한 말일 수도 있다.

하지만 저 말은 자신의 위치를 정확히 알았을 때 나오는 말이다.

강영웅은 인디언스에서 대체 불가능한 선수였다.

war 10이 넘는 선수다.

어떤 선수로 대체할 수 있단 말인가?

그런 선수가 마이너리그 선수들을 상대로 일일이 전력투구를 할 이유가 없었다.

그럼에도 기자들이 이상하게 생각했던 건 강영웅이란 선수가 그간 보여주었던 모습 때문이다.

그는 언제나 최선을 다했다.

어떤 경기를 하고 있더라도 자신의 역할을 다했다.

그게 스프링캠프건 페넌트 레이스건 말이다.

그렇기에 지금도 그럴 거라 지레짐작을 한 것이다.

결론적으론 모두 틀렸지만 말이다.

"그럼 자네에 대해 걱정을 하지 않아도 된다는 말이군."

"예, 예상대로 컨디션을 끌어올리고 있습니다."

영웅의 목소리에는 자신감이 차 있었다.

그 대답에 레온 감독은 흡족한 표정을 지었다.

에이스라면 저런 모습을 보여주어야 한다. 자신감 넘치는 모습을 말이다.

"알았네."

레온 감독의 머릿속에 있던 우려가 이번 대화로 해소됐다.

청백전에서 영웅은 계속 부진한 모습이었다. 그때마다 언론들은 우려 섞인 기사를 쏟아냈다. 일각에선 작년 입었던 부상의 여파라는 이야기까지 나왔다.

그 외에도 각종 루머가 형성됐다.

다행인 건 일부이긴 하지만 그를 옹호하는 글들이 나온다는 것이었다.

특히 하나의 기사는 영웅이 페이스를 늦춘 것 같다면서 정확한 기사를 적었다.

하지만 곧 묻혔다.

사람들은 자극적인 것에 우선적인 관심을 보인다.

또한 사이트의 노출 역시 사람들의 관심이 몰린 것에만 집중되기 때문이다.

정작 당사자는 무덤덤하게 자신의 페이스를 끌어올리고 있었는데 말이다.

영웅은 훈련을 통해 점점 몸을 완성해 나갔다.

'캠프 전에는 70퍼센트의 몸 상태만 완성하면 된다. 캠프 기간에 페이스를 끌어올린 뒤 시즌에 들어가면 백 퍼센트 몸 상태를 만들면 된다.'

꿈의 그라운드에서도 분명 배웠던 부분이다.

한데 잊고 있었다.

어찌 보면 당연한 일이었다.

인간의 기억력은 무한정하지 않다.

한계점이 분명했고 인상적인 것들이라도 언젠가는 잊게 마련이다.

아니, 잠든다는 표현이 더 맞다.

그러다가 임팩트 있거나 관련이 있는 사건이 겪게 되면 불현듯 떠오른다.

지금의 영웅이 딱 그랬다.

그의 머릿속에는 많은 기억이 잠자고 있었다. 수첩에 적어 기록을 남겼지만 그러지 못한 기억이 더 많았다.

그랬던 기억 중 하나가 부상을 겪으면서 잠에서 깨어난 것이다.

영웅은 그 기억을 잘 다듬어 자신의 것으로 만들었다.

그 결과 이번 시즌은 지난 시즌과 조금 달랐다.

영웅은 천천히 몸을 만들어 갔다.

캠프 도중에도 말이다.

'내일이 중요하다.'

어느덧 캠프는 막바지를 향해 달려가고 있었다.

캠프가 열린 굿이어 볼파크에 모인 팀들과 캑터스 리그가 시작된다. 한국에서는 시범 경기라 불리는 것과 같은 경기였다.

이 경기에서 영웅은 첫 번째 선발로 나선다.

첫 상대는 시카고 컵스였다.

인연이 많은 구단이었다.

처음 캑터스 리그에 참가했을 때도 영웅의 첫 상대는 컵스 구단이었다.

영웅은 내일의 경기를 머릿속에 떠올렸다.

변화를 주었기에 약간의 두려움이 마음속에 남아 있었다.

애써 그것을 떨쳐 내고 영웅은 이불을 뒤집어썼다. 충분한 휴식을 위해서 말이다.

캑터스 리그.

애리조나에서 스프링캠프를 연 메이저리그 팀들이 벌이는 시범 경기를 일컫는 말이다.

메이저리그 절반에 달하는 팀들이 애리조나에 캠프를 열기 때문에 리그를 열 수 있는 수준이 되었다.

유료 입장을 함에도 불구하고 관중들의 열기는 뜨거웠다.

특히 인디언스가 주로 사용하는 굿이어 볼파크에는 수많은 팬이 모였다.

인디언스의 팬만 있는 건 아니었다.

다양한 팀의 팬들이 모였다.

특히 한국인 팬들의 모습이 다수 보였다.

영웅을 보기 위함이었다.

캑터스 리그 1차전에서 선발 등판이 예정되어 있었다.

언론에서 우려스러운 기사를 많이 쏟아낸 상황에서 그에 대한 관심은 매우 높아졌다.

그 모습을 직접 보기 위해 수많은 관중이 모인 것이다.

인디언스의 마운드에 영웅이 모습을 드러냈다.

"와아―!"

"강영웅! 강영웅!"

관중석에서 환호성이 터져 나왔다.

작년 월드시리즈까지 팀을 이끌어 왔던 영웅이다.

비록 우승은 하지 못했지만 그의 인기가 사그라들거나 그러진 않았다.

가볍게 연습 투구를 끝낸 영웅이 첫 타자를 기다렸다.

컵스의 리드오프가 타석에 들어섰다.

작년 시즌 3할 1푼, 도루 41개를 기록한 발 빠른 선수였다.

무엇보다 컨택 능력이 좋았다.

또한 한 방도 가지고 있었다.

홈런이 17개라는 점이 그의 파워를 말해주었다.

"플레이볼!"

구심이 경기 시작을 알렸다.

"후우……."

깊게 한숨을 내쉬는 영웅을 보며 컵스의 리드오프 제임슨은 속으로 미소를 지었다.

'연습 경기에서 꽤나 힘들었다지?'

영웅의 소식은 모든 구단에게 있어 초미의 관심사였다.

리그 최고의 투수이니 당연한 견제였다.

부진하다는 소식이 전해졌을 때 대부분의 구단이 환호를 질렀다.

사인을 교환한 영웅이 와인드업을 했다.

그를 향한 시선에 온갖 감정이 나타났다가 사라졌다.

기대, 불안, 초조.

수많은 감정이 그에게 향했다.

온갖 감정을 등에 업은 채 영웅이 초구를 뿌렸다.

쐐애애액—!

매서운 속도로 날아오는 공에 제임슨이 타이밍을 맞춰 배트를 돌렸다.

초구부터 노린다.

경기 시작 전부터 정하고 들어왔다.

코스는 바깥쪽 낮은 곳.

배트가 아슬아슬하게 닿는 위치였다.

닿기만 하면 된다.

밀어친다면 1, 2루 간으로 타구를 보낼 배트 컨트롤은 가지고 있었다.

'맞았⋯⋯!'

배트에 공이 맞으려는 순간.

별안간 휘어져 나갔다.

뻐엉!

부앙-!

"스트라이크!!"

테일링이었다.

마치 투심 패스트볼처럼 휘면서 도망쳤다.

임팩트 직전에 공이 변화했기 때문에 대응을 할 수 없었다.

'망할⋯⋯.'

완벽히 속았다.

'공이 약해졌다고 하더니.'

실제로 본 모습은 그대로였다. 구속 역시 95마일이 찍혔다. 평균 구속에 근접한 수준이다.

'기자들은 도대체 뭘 보고 약해졌다고 하는 거야?'

이해할 수 없었다.

그 생각은 2구와 3구를 상대하면서 더욱 강해졌다.

뻐엉!

"스트라이크!"

조심스럽게 승부가 올 것이라 생각했다.

한데 허를 찌르면서 패스트볼로 몸 쪽을 찔렀다.

아슬아슬하게 존을 지나는 코스였다.

카운터가 몰린 상황.

타자의 입장에선 비슷한 공은 무조건 때려야 했다.

그 와중에 공이 가운데로 들어왔다.

'실투!'

판단을 내리고 배트를 돌렸다.

망설임은 없었다.

어떻게든 때리겠다는 마음이 강했다.

그 순간 공이 밑으로 쏙 꺼졌다.

부앙!

퍽!

"스트라이크! 배터 아웃!"

스플리터였다.

공의 변화나 그런 것들이 예상보다 훨씬 좋았다.

작년과 거의 비슷했다.

타석에서 물러나 더그아웃으로 돌아가던 제임슨은 대기 타석에서 오는 다음 타자를 불러 세웠다.

"강영웅이 부진하다는 기사는 잊어."

"뭐?"

"작년과 똑같다. 기자 놈들이 도대체 뭘 보고 적었는지 모르겠어."

"흠, 역시 그렇군."

사실 메이저리그 선수들은 영웅이 부진하다는 것에 큰 신경을 쓰지 않았다.

정확히 이야기하면 언론의 설레발을 믿지 않았다.

언론은 그 상황 자체만 놓고 평가를 내리는 경향이 있다.

하지만 선수들은 자신들의 경험을 토대로 평가를 한다.

강영웅은 3년간 최고의 활약을 펼쳤다.

그런 선수가 고작 한 번의 부상으로 나락으로 떨어지는 일은 거의 없다.

또한 영웅의 부상은 심각한 편도 아니었다.

그로 인한 변화도 적었다.

그런 점을 봤을 때 영웅의 부진은 다른 이유일 거라 생각하는 베테랑 선수가 대부분이었다.

그 예상이 사실이라는 건 1회 만에 밝혀졌다.

뻐엉!

"스트라이크! 배터 아웃!"

두 번째 타자를 공 4개로 삼진으로 돌려세웠다.

첫 타자 삼구삼진 이후 바로 삼진을 추가한 것이다.

딱!

"아웃!"

세 번째 타자는 유격수 땅볼로 아웃 카운트가 올라갔다.

이번에도 결정구는 스플리터였다.

빠른 공과 비슷한 각도에서 떨어지는 스플리터에 메이저리그 타자들도 속수무책이었다.

가볍게 삼자범퇴로 이닝을 마감한 영웅은 위풍당당하게 마운드를 내려왔다.

그를 바라보는 마이너리그 타자들의 표정에는 오만가지 감정이 떠올랐다.

오늘 피칭으로 느낄 수 있었다.

자신들을 상대할 때 영웅이 전력을 다하지 않았음을 말이다.

그리고 오늘 공은 자신들의 수준으로 때려낼 수 없다는 것도 느꼈다.

이날 영웅은 4이닝 동안 55개의 공을 던졌다.

무실점으로 탈삼진은 무려 7개를 뽑아냈다.

완벽한 피칭이었다.

겨울 동안 잠자고 있던 야구팬들의 열기가 서서히 피어오르기 시작했다.

그 시작은 역시 시범 경기였다.

한국 역시 새로운 시즌을 위해 한창 시범 경기가 열리고 있었지만 사람들의 관심은 메이저리그에 쏠려 있었다.

현재 메이저리그에서 활약하는 한국인 선수는 모두 6명이었다.

마이너리그를 오가는 선수까지 포함하면 그 숫자는 수십 명으로 늘어난다.

최고의 무대에서 활약하는 선수들의 플레이를 보다 보면 그 팀까지 응원하게 마련이었다.

최근 한국에서 가장 인기 있는 메이저리그 구단은 인디언스가 됐다.

영웅과 박형수의 활약 덕분이었다.

작년 부상으로 월드시리즈에서 도중하차했던 영웅이지만 시범 경기에서 좋은 활약을 이어갔다.

연습 경기에서 잠깐 부진을 했지만 보란 듯이 부활했다.

박형수 역시 마찬가지였다.

작년에도 좋은 활약을 펼쳤던 박형수다.

이미 연봉 이상의 효율을 보여주고 있는 선수로 평가받았다.

올 시즌에는 30개의 홈런에 도전하겠다는 포부를 밝힌바 있었다.

단순 말만 그런 것이 아니었다.

박형수는 시범 경기에서 홈런 2개를 포함 3할 중반의 타율을 유지했다.

결승타 역시 3개를 때려내며 찬스에서도 강한 모습을 보였다.

영웅 역시 시범 경기에서 최고의 컨디션을 보여주었다.

2번의 등판에서 모두 무실점 피칭을 이어갔다.

그간 나오던 우려는 그저 우려에서 끝난 것이다.

'생각보다 컨디션 조절이 잘되고 있다.'

호텔에서 휴식을 취하는 영웅은 자신의 상태를 냉정하게 돌아보고 있었다.

처음 시도하는 일이다.

작은 변화에도 밸런스가 무너지는 게 투수다.

그 사실을 알기에 영웅은 무척이나 조심하고 있었다.

'작년과 같은 부상은 또다시 일어나선 안 돼.'

부상은 언제든지 일어날 수 있다.

하지만 월드시리즈같이 중요한 순간에서 부상이 찾아오는 일은 방지해야 한다.

그것을 위해서 할 수 있는 최선을 다해야 했다.

'현재 몸 상태는 약 90퍼센트. 남은 10퍼센트는 캠프가 끝

나는 기간에 맞춰 모두 끌어 올린다.'

영웅은 다시 한번 스케줄을 정하면서 휴식을 취했다.

캠프가 끝날 무렵.

영웅에 대한 기대는 높아졌다.

[메이저리그의 강영웅 선수가 시범 경기 마지막 등판에서 7이닝 퍼펙트피칭을 펼치면서 완벽한 부활을 알렸습니다. 최고 구속 98마일을 던진 강영웅 선수는 7이닝 동안 69개의 공을 던졌습니다.

경기 후 인터뷰에서 강영웅 선수는 올 시즌이 기대된다는 말을 남기며 캠프를 마무리했습니다.]

공식적인 캠프 일정이 모두 마무리됐다.

영웅은 전세기를 타고 클리블랜드로 돌아갔다.

공항에 내린 그는 주차되어 있던 자신의 스포츠카에 몸을 실었다.

부메랑처럼 생긴 헤드라이프가 인상적인 맥라렌이었다.

새로 받은 계약금으로 장만한 녀석이었다.

나이가 들면서 영웅은 차에 대한 관심이 많아지고 있었다.

이번에 구매한 것은 맥라렌만이 아니었다.

그는 평소와 다른 루트를 통해 이동을 하고 있었다.

원래 공항에서 집까지는 차로 30분이면 도착하는 거리

였다.

하지만 지금 가는 방향은 외곽으로 향하는 곳이었다.

그리고 고급 주택들이 즐비한 장소였다.

한적한 도로에 접어든 영웅은 곧 한 고급 주택에 차를 세웠다.

안전하게 주차를 한 영웅은 익숙하게 집 안으로 들어갔다.

"다녀왔습니다!"

"어서 오렴."

어머니가 그를 맞이했다.

이 집은 이번에 영웅이 구입한 집이다. 명의는 어머니의 이름으로 되어 있었다. 선물이었다.

그간 고생했던 어머니를 위해 마련한 집이다.

예전에 살던 집도 셋이 살기에는 충분했지만 더 좋은 걸 해드리고 싶었다.

2년 뒤에는 다른 곳으로 떠날지도 모른다.

야구 선수란 그런 인생이니까 말이다.

하지만 어머니는 자신의 명의로 된 집에서 산 기억이 짧았다.

한국에 사 드린 아파트도 영웅을 위해서 포기하고 미국으로 오셨으니 말이다.

그 소원을 풀어드리기 위해서도 이 집을 구매해야 했다.

'나중에 손해 볼 수도 있지만.'

그건 그때 가서 생각하면 될 일이었다.

"엄마, 배고파요."

"그래, 곧 식사 준비 끝난다. 씻고 나와."

"네."

오랜만에 집에 돌아온 영웅은 푹 휴식을 취할 수 있었다.

이틀 뒤.

영웅은 프로그레시브 필드를 방문했다.

오늘은 시즌을 앞두고 선수단 전체 미팅이 있는 날이었다.

라커룸에 도착하자 이미 선수들이 모여 있었다.

"여!"

"왔냐?"

선수단과 인사를 나눈 그는 자신의 자리에 짐을 풀었다.

언제나 익숙한 얼굴들이었다.

캠프에서는 낯선 얼굴도 많아서 새로웠는데 이제는 아니었다.

캠프가 끝나면 대부분의 선수는 다시 있던 곳으로 돌아간다. 메이저리그까지 올라오는 경우는 잘 없었다.

간혹 한두 명이 있을 뿐이었다.

이번 시즌도 마찬가지였다.

캠프에서 살아남은 사람은 두 명에 불과했다. 한 명은 노장 불펜 투수였고 다른 한 명은 신예 우익수였다.

작년에도 잠깐 메이저리그에 얼굴을 비쳤다가 사라졌던 선수다.

올해는 아예 시작을 메이저리그에서 시작하는 듯했다.

'나도 후배가 생기는 줄 알았더니.'

올 시즌부터 4년 차가 되는 영웅이다.

하지만 후배는 없었다.

여전히 팀에서 가장 나이가 어렸다.

잭슨이 연차가 낮긴 했지만 후배라기보다는 친구라는 개념이 더 컸다.

그렇기에 캠프 기간에 나름 기대를 했었다.

그곳에서는 나이도 어리고 연차도 낮은 후배가 많았으니 말이다.

실제로 영웅에게 질문을 하는 선수도 많았다.

문제는 그들 모두가 이제 얼굴을 볼 수 없다는 점이었다.

'쩝, 언젠가는 들어오겠지.'

아쉬움을 삼키고 있을 때였다.

문이 열리며 레온 감독을 비롯해 코치진이 라커룸으로 들어왔다.

선수단이 자리에 앉자 레온 감독이 입을 열었다.

"이제 곧 시즌이 시작된다. 다들 컨디션 관리는 잘했을 거라 본다. 올 시즌 역시 우리는 우승을 위해 달려 나갈 계획이다. 그러기 위해서는 스타트가 좋아야겠지?"

레온 감독의 시선이 영웅에게 향했다.

"우리 팀의 개막전 선발은 당연히 강영웅이다."

이미 공표된 사실이었다.

벌써 3년 연속 개막전 선발을 맡게 된 영웅이다.

인디언스에서의 위치가 어떤지 보여주는 단적이 예였다.

레온 감독은 이후에도 스타팅 라인업을 발표하고 선수들의 컨디션을 체크하면서 미팅을 이어갔다.

'정말 시즌이 코앞이군.'

네 번째 시즌을 앞둔 영웅의 몸이 점점 끓어오르기 시작했다.

승부욕으로 말이다.

6장
개막전 선발

메이저리그 개막전.

작년 월드시리즈에서 패배하고만 인디언스.

클리블랜드 시민들이 겪었던 절망, 허탈감은 이루 말할 수 없었다.

그러나 시간은 그런 감정을 떨쳐 내게 해주었다.

야구팬들은 다시 프로그레시브 필드를 찾아 자신의 팀을 응원했다.

만원 관중이 그 사실을 증명했다.

불펜에서 가볍게 웜업을 하는 영웅이 공을 던질 때마다 주변의 관중들이 환호를 질렀다.

그 소리를 들으며 영웅의 심장 고동이 빠르게 뛰기 시작했다.

'이제 곧이다.'

파앙-!

그의 공이 미트에 꽂히면서 기분 좋은 소리를 냈다.

시간 체크를 하던 불펜 코치가 입을 열었다.

"강! 슬슬 나가야 돼."

"알겠습니다."

고개를 끄덕인 영웅이 불펜 포수를 향해 다가갔다.

"받아줘서 고마워."

"별말을, 오늘 공은 평소와 같다. 의심할 여지가 없어!"

인사 대신 그가 내민 주먹에 주먹을 부딪쳤다.

밖으로 나가는 영웅의 발걸음이 그 어느 때보다 가벼웠다.

마운드에 도착한 영웅은 익숙한 감각을 느꼈다.

'언제나 같군.'

몇 개월을 떨어져 있었지만 프로그레시브 필드의 마운드는 언제나 같은 모습을 유지하고 있었다.

발로 밟았을 때 느껴지는 감각 역시 같았다.

구단의 직원들이 매일같이 관리를 해준 덕분이었다.

"후우!"

가볍게 한숨을 내쉰 영웅이 마운드에서 연습 피칭을 시작했다.

피칭이 끝나고 사전 행사가 시작됐다.

시구가 이어진 뒤에 영웅이 다시 마운드를 밟았다.

그사이 흐트러졌던 흙을 발로 다진 뒤 몸을 돌려 로진을 손끝에 묻혔다.

어느 때와 똑같았다.

마치 베테랑처럼 자신만의 의식을 정확히 해내가는 모습에 관중들의 기대치가 점점 높아져갔다.

다시 마운드에 서자 페르나도 마스크를 쓰고 자리에 앉았다.

곧 타자가 타석에 들어섰다.

모든 준비가 끝났다.

"플레이볼!"

[경기 시작합니다!]

네 번째 시즌이 시작됐다.

'패스트볼.'

페르나의 양팔이 좌우로 벌어졌다. 원하는 곳으로 던지라는 신호다. 또한 존을 넓게 보라는 의미이기도 했다.

존을 특정 짓지 않는 건 투수를 위해서다. 초구, 그것도 개막전이다 보니 긴장할 수도 있다. 베테랑이건 신예건 상관없이 말이다. 그렇기에 이런 사인을 낸 것이다.

고개를 끄덕인 영웅이 와인드업을 했다.

[특유의 와일드한 투구 폼으로 와인드업을 합니다!]

작년 부상으로 투구 폼을 바꿀 거라는 의견도 있었다.

하지만 영웅은 그러지 않았다. 그렇다고 가만히 내버려 둔 것도 아니다. 상체를 비트는 각도를 줄였다.

예전에는 타석에서 그의 등번호가 보일 정도였지만 지금은 그 정도까진 아니었다. 허리에 가해지는 충격을 덜어줄 요량으로 선택한 방법이었다.

비틀었던 상체를 회전시킨 영웅이 공을 뿌렸다.

쐐액!

뻐엉-!

"스트라이크!"

[바깥쪽 외곽을 찌르는 97마일의 빠른 공입니다!]

[매우 좋은 공이었습니다. 타자의 배트가 나오기에는 너무 먼 코스였습니다.]

쐐액!

퍽!

"볼!"

[2구는 떨어지는 브레이킹볼! 하지만 배트는 나오지 않네요. 아쉽습니다.]

[타자가 잘 봤네요.]

쐐액!

딱!

"파울!"

[빠져나가는 슬라이더를 커트합니다!]

[고속 슬라이더를 제대로 때려내기란 쉬운 일이 아니죠.]

[볼카운트 원 볼 투 스트라이크!]

사인을 교환한 뒤 와인드업을 했다. 승부를 길게 끌 생각은 없었다.

타자도 그걸 알았다. 영웅의 성향이 공격적이라는 건 공공연한 사실이었다.

문제는 어떤 공이 올 것이냐는 것이었다. 결정구로 선택할 수 있는 건 두 개였다. 스플리터, 포심 패스트볼. 앞서 던진 두 개의 공이 모두 브레이킹볼 계열이었기 때문이다.

'패스트볼을 노린다. 그 외의 공은 모두 커트할 수 있어!'

옳은 선택이었다.

변화구를 노린다면 빠른 공에 대처가 느려진다.

하지만 옳은 선택이 언제나 정답은 아니다.

지금도 그랬다.

쐐애액!

영웅의 손을 떠난 공이 매서운 속도로 날아왔다. 패스트볼의 타이밍에 맞춰 타자의 배트도 스타트를 걸었다.

'패스트볼이다!'

공의 변화는 없었다.

코스도 맞아가고 있었다. 마지막 순간 변화할 수도 있기에 긴장의 끈은 놓지 않았다.

'어?'

배트가 절반쯤 돌아갔을 때.

이상함을 느꼈다.

이미 홈 플레이트 인근에 도착했어야 할 공이다. 한데 공은 아직까지 저 앞에 있었다.

'큭!'

속도를 죽였나.

그 판단이 서는 순간 손목에 힘을 주어 스윙의 속도를 죽였다.

본능적인 반사 행동이었다.

그리고 최악의 선택이었다.

딱!

힘을 뺀 스윙에 타구에도 제대로 힘이 실리지 않았다.

굴러가는 타구를 유격수가 대시하면서 잡아 1루로 뿌렸다.

퍽!

"아웃!"

주자의 발보다 공이 빨랐다.

첫 번째 아웃 카운트가 올라갔다.

[내야 땅볼로 첫 번째 아웃 카운트를 올립니다! 이번 공의 구속은 93마일! 첫 번째 던졌던 패스트볼보다 무려 4마일이나 느린 공이었습니다!]

타자의 눈을 완벽히 속인 공이었다.

메이저리그에서 구속을 늦춰 던진다는 건 매우 위험한 발상이었다. 전력투구를 해도 타자를 잡아내는 게 어려운 것이 메이저리그다.

그런데 구속을 늦춘다? 웬만한 배짱이 없고서는 불가능했다.

하지만 영웅은 이런 공을 자주 던졌다. 일종의 체인지 오브 페이스로 체인지업이 아닌 패스트볼을 이용하는 것이다.

그 효과는 대단했다. 대부분의 타자가 빠른 공에 초점을 맞추기 때문에 느린 공에 대한 대처가 미흡할 수밖에 없었다.

또 하나.

영웅이 이런 공을 자주 던질 수 있는 결정적 이유가 있었다.

[강영웅 선수가 방금 던진 공의 회전수가 2,432회전이 나왔습니다. 평소 최고 구속에 근접한 공들의 회전수가 2,200번 회전하는 것에 비해 200번이나 더 증가한 것입니다.]

[그게 어떤 의미죠?]

[구속은 느리지만 공의 구위는 더 높아졌다고 할 수 있습니다. 타자들이 공을 맞추더라도 제대로 맞추기 어려운 거죠.]

구속을 늦출 때.

영웅은 구속보다는 공의 구위와 제구에 더 신경을 썼다.

그런 덕분일까? 공의 회전수가 늘어나면서 타자의 히팅 포인트를 벗어나게 됐다.

여기까지는 영웅도 모르는 사실이다.

단지 먹히기 때문에 던진다.

딱!

[높게 떠오른 타구! 내야를 벗어나지 못합니다! 2루수 안정적으로 잡습니다. 투 아웃!]

순식간에 아웃 카운트 두 개를 올린 영웅이 세 번째 타자를 상대로 초구와 2구 모두 패스트볼을 뿌렸다.

뻑!

"스트라이크!"

딱!

"파울!"

[투 스트라이크로 유리한 고지를 점합니다!]

와인드업을 한 영웅이 3구를 뿌렸다.

"차앗!"

쐐애애애액!

기합 소리 때문일까? 아니면 노리고 있던 공이여서일까?

타자의 배트가 일찌감치 시동을 걸었다.

그 순간 공이 밑으로 뚝 떨어졌다. 시동을 걸었던 배트가 따라가기에는 무리였다.

부앙!

퍽!

"스트라이크!! 배터 아웃!"

[삼진입니다! 세 번째 아웃 카운트는 삼진으로 잡아내는 강영웅 선수! 개막전 1회를 삼자범퇴로 깔끔하게 틀어막습니다!]

개막전은 에이스들 간의 대결이다. 반드시 승리하기 위해 최고의 투수들을 내보낸다. 그러다 보니 많은 경기에서 투수전이 되는 경우가 많이 나타났다.

클리블랜드와 텍사스 레인저스와의 대결 역시 같은 식으로 흘러갔다.

강영웅과 레이커는 에이스다운 피칭을 이어갔다.

뻐억!

"스트라이크! 아웃!"

[삼진입니다! 6번째 탈삼진을 잡아내며 4회를 마감하는 강영웅 선수!]

딱!

"아웃!"

[중견수 안정적으로 공을 잡습니다! 레이커 역시 4이닝 무실점으로 마운드를 내려옵니다!]

영웅은 전천후 투수였다. 구속과 제구력 거기에 다양한 변화구를 뿌렸다.

반면 레이커는 90마일 초중반의 구속을 던지지만 변화구가 다양했다.

타자들이 까다로울 수밖에 없는 투수들이었다.

5회 초.

다시 마운드에 오른 영웅이 텍사스의 중심 타선과 상대를 했다.

뻑!

"볼!"

[초구 98마일의 빠른 공이 미트에 꽂힙니다!]

[점점 구속이 올라오고 있습니다.]

딱!

"파울!"

[스플리터를 때렸지만 3루 관중석에 떨어집니다!]

[오늘 스플리터가 매우 좋은 각도를 보여주고 있습니다. 타이밍은 맞았다는 생각이 들었지만 정타를 때려내지 못하고 있어요.]

뻐엉!

"스트라이크!! 투!"

[몸 쪽을 날카롭게 찌르는 패스트볼! 97마일이 찍힙니다!]

[코스가 너무 좋았습니다. 때리더라도 그라운드볼이 될 가능성이 매우 높았어요.]

"후우!"

크게 한숨을 내쉰 영웅이 와인드업을 했다.

부드럽게 허리를 비튼 영웅이 일순간 빠르게 상체를 회전시켰다.

"차앗!"

쐐애애액!

기합 소리와 함께 손을 떠난 공이 매섭게 날아갔다. 타자의 배트도 돌아갔다.

패스트볼이었다.

두 개의 궤적이 하나가 될 거란 이미지가 타자의 머리에 그려졌다.

그 순간 공이 더 이상 떨어지지 않았다. 이미지에서도 임팩트 순간이 어긋나는 게 보였다. 배트의 궤적을 바꾸려 노력했지만 이미 공이 홈 플레이트 위를 지나고 있었다.

뻐엉-!

부앙!

"스트라이크!! 배터 아웃!"

[7번째 탈삼진으로 첫 번째 아웃 카운트를 올립니다! 98마일의 하이 패스트볼에 배트 헛돕니다!]

[이야-! 정말 기가 막힌 공이 들어갔습니다. 라이징 무브

먼트를 보여주면서 타자의 예상보다 공이 덜 떨어졌어요.]

첫 번째 타자를 가볍게 돌려세웠다.

4번 타자였다. 작년 33개의 홈런을 때려낸 강타자다. 단순히 파워만 있는 건 아니었다. 타율 역시 3할 1푼 7리였다.

정교함도 가지고 있었다는 소리다.

그런 타자에게 필요한 공도 단 3구였다.

[5번 타자 맥코이 선수가 타석에 들어섭니다. 작년 시즌 강영웅 선수에게 좋은 모습을 보여주었는데요.]

[지금까지의 대결에서 타율 3할대를 보여주고 있습니다. 특히 홈런 2개를 뽑아냈다는 게 인상적이네요.]

상대의 정보는 알고 있었다. 자신에게 강했다는 것 역시 말이다.

하지만 영웅은 개의치 않았다.

'지금의 난 작년에 비해 발전했다.'

작년.

휴식기에 영웅은 새로운 훈련법을 도입했다.

그동안에는 꿈의 그라운드에서 배웠던 훈련을 위주로 해 왔다.

좋은 훈련법들이었다.

지금의 자신을 만들어주었다는 것에 대해선 이견이 없었다.

그러나 같은 훈련법은 선수에게 곧 정체기를 가져다주게 된다.

영웅도 최근 정체기를 겪었다.

그래서 변화가 필요했다. 김성일에게 도움을 받아 훈련 스케줄을 새로 짰다.

그 중심에는 코어 훈련이 있었다.

몸의 중심을 일컫는 코어 훈련은 요가와 필라테스가 발전하면서 널리 알려졌다.

엘리트 체육인들은 그 훈련을 자신들의 훈련법에 접목하면서 빠르게 퍼져 나갔다.

시간이 흐르면서 코어 훈련은 더욱 발전했다. 다양한 도구와 훈련이 도입되면서 그 효과도 극대화됐다.

영웅이 새로 배운 훈련법 중 하나인 불가리안백 역시 그중에 하나였다.

덕분에 영웅의 코어는 매우 발달했다. 웬만한 움직임에도 균형을 유지할 수 있었고 어떤 자세에서도 더 강한 힘을 보낼 수 있었다.

그 결과 공의 구위가 한층 더 좋아졌다.

뻐엉!

"스트라이크!!"

[초구 스트라이크로 시작합니다! 98마일의 구속이 찍힙니다!]

'공이 더 빠르게 다가온다.'

맥코이의 표정은 평온했다. 하지만 마음속으로는 놀라고 있었다.

그도 그럴 것이 구속은 그대로인데 체감 속도는 한층 더 빨라졌기 때문이다.

'어떻게 한 거지?'

무언가 달라진 게 있을 것이다.

그러나 그게 무엇인지 보이지 않았다.

부앙!

뻐엉!

"스트라이크!"

[2구 헛스윙합니다! 이번에도 98마일의 빠른 공이 들어왔습니다!]

귀신에 홀린 기분이었다.

나름 영웅에게 강하다는 생각을 가지고 있었다.

한데 공에 손을 대기도 힘들었다.

'제길!'

영웅은 쉴 틈을 주지 않고 3구를 뿌렸다. 빠르게 날아오는 공에 배트도 일찌감치 시동을 걸었다. 그러나 공은 날아오지 않았다.

'제기랄——!!'

부앙!

완벽하게 낚였다.

퍽!

"스트라이크!! 배터 아웃!"

[삼진입니다! 91마일의 공으로 타자의 타이밍을 뺏어버리는 강영웅 선수입니다!!]

거칠게 땅을 찬 맥코이가 타석에서 물러났다.

속았다는 사실이 분한 것이다.

그러거나 말거나 영웅은 다음 타자를 기다렸다.

타석에 들어온 것은 동양인 타자였다.

정확히는 일본인이다.

[요시오 선수가 타석에 들어섭니다.]

[첫 타석에서는 삼진으로 물러났는데요. 두 번째 대결에서는 어떻게 될지 기대가 됩니다.]

요시오는 메이저리그 7년 차 베테랑이었다. 일본 선수로는 드물게 파워 히터로써 작년에는 27개의 홈런을 때려냈다.

첫 타석에서 분명 느꼈다. 스윙에 힘이 있다는 걸 말이다.

하지만 약점도 분명히 볼 수 있었다.

'변화구에 약하다.'

특히 빠른 변화구에 대한 대처가 늦었다.

영웅이 와인드업을 했다.

쐐애애액!

빠르게 날아오는 공에 타자의 배트가 돌았다. 그 순간 공이 밑으로 뚝 떨어졌다.

뻑!

부앙!

"스트라이크!!"

[고속 슬라이더에 헛스윙 합니다!]

[여전히 변화구에 약한 모습을 보여주네요.]

[그렇습니다.]

변화구에 약하다는 사실을 안 이상 영웅은 망설이지 않았다.

뻐억!

"스트라이크!"

[스플리터에 헛스윙합니다!]

뻐엉!

"스트라이크! 배터 아웃!"

[삼구 연속 헛스윙! 결정구는 고속 슬라이더였습니다! 삼구 연속 변화구로 상대를 돌려세우는 강영웅 선수입니다!]

상대의 약점을 집요하게 파고든 영웅은 시즌 9번째 탈삼진을 기록하며 5회를 마감했다.

6회 역시 무실점 피칭을 펼쳤다.

세 명의 타자를 상대로 2개의 탈삼진을 올렸다.

[개막전부터 두 자릿수 탈삼진을 기록합니다!]

11개의 탈삼진.

메이저리그 최고 수준의 탈삼진율을 기록하는 영웅이기에 놀랍진 않았다.

[현재까지 투구 수는 81개입니다. 최대 8회까지 던질 수 있을 것으로 보입니다.]

레온 감독 역시 비슷한 생각을 했다.

'메이저리그의 분업화는 완벽하다. 영웅이 최고의 투수지만 긴 이닝을 이어갈 이유는 없다.'

자신만의 철학이 분명한 레온 감독이었다.

또한 작년의 일도 있었기에 더욱 조심스러울 수밖에 없었다.

'7회에서 강판한다.'

웬만하면 영웅을 승리 투수로 만들어주고 싶다.

선수 개인을 위해서가 아니다.

팀의 에이스이기 때문이다.

영웅이 팀에 미치는 영향은 그 누구보다 강했다.

그렇기 때문에 그가 개막전 승리 투수라는 기념적인 성과를 거둔다면 팀의 사기는 높아질 가능성이 있었다.

'이번 이닝에 승부수를 띄운다.'

6회 말.

인디언스는 선두 타자부터 타순이 시작됐다.

조 파렐.

3년 연속 인디언스의 리드오프로 활약하고 있는 선수다. 오늘 경기에서도 두 번 모두 출루에 성공했다. 그리고 세 번째 타석에서도 기대를 저버리지 않았다.

픽!

"볼! 베이스 온 볼!"

[이번에도 볼입니다! 걸어서 1루로 나가는 조 파렐 선수입니다! 오늘 경기 두 번째 볼넷을 얻습니다!]

[컨디션이 매우 좋아 보입니다. 선구안이 매우 날카로워요!]

[타석에 페르나 선수가 들어섭니다!]

올 시즌부터 페르나가 2번으로 기용됐다.

2010년대 중반부터 2번 타자에 해결 능력이 좋은 선수를 배치해야 된다는 주장이 재기됐다.

1번 타자가 출루 능력이 가장 좋기 때문에 다음 타자가 해결해야 한다는 의견이었다.

데이터상으로도 인정되는 부분이 있었다.

그래서 강한 2번 타자라는 이론이 많은 감독에게 전해졌다.

레온 감독은 그 이론을 따르는 감독들 중 하나였다. 페르나를 2번으로 기용한 이유였다.

현재까지는 실패다. 페르나는 두 번 모두 범타로 타석에서 물러났다. 잘 맞은 타구가 외야 정면으로 갔기 때문이다.

세 번째 타석.

어떻게든 해결해야 되는 상황이었다.

"후우!"

크게 한숨을 내쉰 페르나가 타석에 들어섰다.

파렐은 연신 리드 폭을 넓히면서 투수의 신경을 거슬리게 했다.

그에게는 그린라이트가 내려져 있는 상황.

언제든지 달릴 수 있다.

작년에도 30개의 도루를 기록하며 팀 내에서 가장 많은 도루를 성공했다. 성공률 역시 93.1퍼센트로 매우 높았다.

투수의 입장에선 신경이 쓰일 수밖에 없었다. 경험이 쌓인 파렐은 그런 투수의 신경을 더욱 거슬리게 만들었다.

퍽!

"세이프!"

[또다시 견제구입니다! 3번 연속 견제구를 던지는 레이커 투수!]

[야구를 자주 시청하시는 분들이라면 아시겠지만 견제구를 저렇게 많이 던지는 건 좋지 않습니다. 투수는 언제든지 타자에게 집중을 해야 됩니다.]

왜 그래야 되는지 레이커가 정확히 보여주었다.

퍽!

"볼!"

뻑!

"볼!"

[연달아 볼을 던지는 레이커! 절묘했던 제구력이 사라졌습니다!]

[주자를 신경 쓰면서 제구력이 깨진 겁니다.]

앞선 두 번의 상황에서는 제구력이 깨지지 않았다.

하지만 지금은 달랐다. 레이커는 이미 80개가 넘는 공을 던졌다. 체력이 떨어지면서 집중력이 흐트러지고 있었다.

거기에 파렐이 적극적으로 리드 폭을 늘리고 있었다.

원래 파렐은 상대의 타이밍을 뺏어 도루를 빼앗는 유형의 주자다. 리드 폭이 그다지 크지 않았다.

즉, 지금의 리드 폭은 비정상적이란 소리였다. 공격적인 리드가 나온 이유는 레온 감독의 지시가 있었기 때문이다.

그는 파렐이 출루한 직후부터 사인을 냈다.

'레이커는 좋은 투수다. 하지만 체력이 떨어지면 집중력이 흐트러지는 경향이 있다.'

작년 후반부터 그런 모습을 보였다. 과거에는 보여주지 않았던 모습이다.

레온은 그 이유를 나이 때문일 것으로 판단했다.

사람은 자연스레 나이가 든다. 나이가 들면서 일어나는 첫 번째 현상은 바로 체력의 저하였다.

엘리트 체육인에게는 최악의 현상이었다.

'그것을 극복하기 위해서 많은 훈련을 해왔을 테지.'

하지만 체력 저하는 쉽게 고칠 수 있는 문제가 아니다. 거기에 신경을 거슬리게 하는 주자까지 있다면 더더욱 흔들 수 있다.

뻑!

"볼! 쓰리!"

[연속 세 개의 볼이 들어갑니다!]

레온 감독은 약점을 정확히 공략했다.

상대가 약한 부분을 비집어 철저할 정도로 그곳을 후벼 팠다.

'반발자국 더 리드를 늘려.'

상대가 궁지에 몰렸을 때 더 두드려야 한다. 그게 승부에서 이기는 방법이었다.

잔인하다고도 볼 수 있다.

하지만 승부의 세계란 원래 잔인하고 냉정한 법이었다. 파렐이 리드를 더 늘리자 레이커는 더더욱 흔들렸다.

견제구를 던져도 레이커는 우투수다. 달릴 생각 없이 리드만 늘리는 파렐이 그의 움직임을 놓칠 리 없었다.

'주자는 신경 쓰지 말고 타자만 신경 써.'

포수가 사인을 주어 주의를 환기시켰다.

좋은 타이밍은 아니었다. 진즉 사인을 걸고 마운드를 방문했어야 된다. 다른 투수라면 그렇게 했을 거다.

그러나 레이커는 팀 내에서도 성격이 나쁜 것으로 악명이 높았다.

또한 포수와도 사이가 좋지 않았다. 개인적인 성향을 경기에 가져오지 않는 것이 프로페셔널이긴 하지만 그게 언제나지켜지는 건 아니었다.

평소라면 듣지 않았을 레이커지만 지금은 지푸라기라도잡고 싶었다.

포수의 사인을 받아들고 세트포지션에서 슬라이드 스텝을 밟았다.

발이 홈 플레이트로 향하는 순간.

'걸렸어!'

파렐이 스타트를 걸었다.

'제길!'

그 순간 레이커의 신경이 파렐에게 쏟아졌다.

실수였다. 모든 신경을 집중해야 되는 순간에 분산을 시키다니.

레이커의 손을 떠난 공이 존의 높은 곳을 향해 날아갔다.포수의 미트는 존의 밑에 있었다.

완벽한 실투였다. 또한 코스도 나빴다. 완전히 빠지는 것도 아니었고 몸 쪽 코스의 밋밋한 높은 위치였다.

파워 히터들이 가장 좋아하는 코스였다. 그리고 페르나 역시 파워 히터 중 한 명이었다.

부앙!

날카롭게 돌아간 배트가 공을 낚아챘다.

따악-!

[쳤습니다!!]

높은 포물선을 그린 타구가 그대로 담장 밖으로 넘어갔다.

[넘어갔습니다!! 개막전에서 홈런을 기록합니다!]

레이커는 급격하게 무너졌다. 뚫릴 것 같지 않던 방패에 흠집이 생기자 병사들은 무참히 그곳을 공격했다.

지휘관 역시 적절한 위치에 추가 병사를 투입했다.

그 결과.

[6회 말! 빅 이닝을 만드는 인디언스입니다!]

스코어 5 대 0.

레이커를 무너뜨리고 두 번째 투수가 올라왔지만 인디언스의 상승된 기세를 누르지 못했다.

승기는 기울었다.

적장 역시 그것을 간파한 듯 필승조가 아닌 추격조를 마운드에 올렸다.

말은 추격조이지만 패배조에 더 가깝다.

간접적인 항복 선언이었다.

오늘 경기를 포기한 대신 내일 경기에서 전력을 투입하겠다는 의도가 깔려 있는 기용이었다.

레온 감독도 그것을 알기에 개막전부터 선발들을 교체할 생각을 가지고 있었다.

그리고 또 한 사람.

레온 감독은 직접 그 선수에게 다가갔다.

"몸은 좀 어떤가?"

영웅이 레온 감독을 바라봤다.

"괜찮습니다."

"그렇군."

그의 옆에 앉은 레온 감독이 본론을 꺼냈다.

"이번 이닝에서 승부의 추는 기울었네. 다음 이닝에 자네가 굳이 나갈 필요는 없어. 자네 생각은 어떤가?"

같은 생각이었다.

끝날 때까지 끝난 것이 아니라지만 그런 일은 잘 일어나지 않는다.

또한 영웅의 뒤를 지키는 투수들 역시 믿음직스러웠다.

충분히 잘 막을 수 있을 것이다.

하지만 지금 당장 내려갈 생각은 없었다.

"투구 수가 적으면 컨디션에 문제가 생길 수도 있습니다. 한 이닝만 더 던지겠습니다."

81개의 투구 수.

선발 투수에게는 결코 많다고 할 수 없었다.

특히 영웅은 평균 투구 수가 102개였다. 20개나 덜 던진 상황에서 내려오는 건 너무 이른 강판이었다.

최고의 컨디션을 유지하기 위해서는 과해서도 부족해서도 안 됐다.

평균 수준을 유지해야 했다.

한 이닝을 더 던진다면 90개 전후로 이닝을 마감할 수 있다.

그렇다면 딱 적절한 수준이었다.

"알겠네."

레온 감독은 영웅의 의견을 존중했다.

[7회 초! 강영웅 선수가 다시 한번 마운드에 오릅니다! 스코어는 6 대 0!]

휴식 시간이 길었다. 그로 인해 어깨가 약간 식었다. 다행인 건 나오기 전에 캐치볼을 했다는 거다. 덕분에 식었던 어깨가 다시 따뜻해졌다.

"후우……."

[강영웅 선수, 초구 던집니다!]

쐐액!

뻐억!

"스트라이크!"

[바깥쪽을 날카롭게 찌르는 97마일의 빠른 공!]

쐐액!

후웅!

뻑!

"스트라이크! 투!"

[떨어지는 슬라이더에 타자 배트 헛돕니다!]

"후우……."

다시 호흡을 고른 영웅이 3구를 던졌다.

쐐애애액!

빠르게 날아오는 공은 존의 높은 곳을 노리고 있었다.

'딱 걸렸어!'

한 점이라도 내면 분위기를 역전할 수 있다.

조급한 마음에 스윙이 다소 일찍 시작됐다.

그리고 공은 떨어지지 않았다.

뻐엉-!

"스트라이크! 배터 아웃!"

[삼구삼진! 첫 번째 타자를 깔끔하게 잡아냅니다!]

[공이 생각보다 떨어지지 않았습니다. 스트라이크존으로 들어갈 줄 알았는데 미트는 그보다 위에 있었어요.]

한 타자를 상대하는데 3구. 총 투구 수는 84개가 됐다.

두 번째 타자를 상대로도 영웅은 두 개의 패스트볼을 연달아 존에 꽂아 넣었다.

[강영웅 선수! 7회 매우 공격적인 피칭으로 타자들을 압도합니다!]

[같은 패스트볼이지만 라이징 무브먼트와 테일링 무브먼트를 자유자재로 구사하며 타자들을 농락하고 있습니다!]

거기에 마지막 이닝이란 점이 영웅의 리미트를 해제시켰다.

100퍼센트라곤 할 수 없지만 기존보다 더 많은 힘이 피칭에 들어갔다.

구속은 크게 올라가지 않았지만 집중력을 높여 손끝에 더욱 집중했다. 그 결과 공의 회전수가 기존에 비해 1~200회가량 증가했다.

뻐엉!

"스트라이크! 배터 아웃!"

[몸 쪽을 찌르는 96마일의 빠른 공! 타자 꼼짝도 하지 못합니다!]

[정말 절묘한 코스였습니다. 타자는 빠지는 공이라고 판단했을 겁니다! 하지만 마지막 순간 공이 가운데로 휘어 들어오면서 살짝 존을 걸쳤어요!]

영웅의 공은 무브먼트가 매우 심하다.

메이저리그에서도 그만큼 무브먼트가 심한 투수는 없다.

비슷한 수준이야 한둘 있지만 영웅이 최고라는 건 변함이 없었다.

어릴 때부터 받아온 엘리트 수업의 효과였다. 공을 던질 때 그는 매번 다른 방식으로 손가락에 힘을 주었다.

사실 이런 방식은 프로의 세계에선 금기에 해당됐다. 투수는 매번 같은 방식으로 공을 던져야 된다.

제구 때문이다. 18m라는 거리는 생각보다 매우 멀다.

실제 마운드에 처음 서보는 일반인은 포수가 점으로 보일 정도로 매우 먼 거리였다.

그 거리에서 미트에 제대로 꽂을 제구력을 가진다?

불가능에 가까웠다.

프로들은 그 거리에서 자신이 원하는 코스에 제대로 공을 던져야 된다.

그런 칼 같은 제구력을 가지기 위해서는 같은 패턴이 필요했다.

그중에 하나가 손가락에 들어가는 힘의 조절이다.

뻐엉!

"스트라이크!"

[세 번째 타자에게도 패스트볼로 시작합니다! 원 스트라이크!]

일정한 힘을 주는 훈련을 통해 제구력을 높인다.

하지만 영웅은 반대의 훈련을 했다.

매번 공을 던질 때마다 손가락에 주는 힘을 다르게 했다.

그 결과 제구력을 잡기까지 오랜 시간이 걸렸다.

그러나 제구력을 손에 넣었을 때.

영웅은 변화무쌍한 무브먼트를 손에 넣을 수 있었다.

뻐억!

"스트라이크! 투!!"

[헛스윙합니다! 이번에도 라이징 무브먼트로 보였는데요?]

[정확합니다. 타자 입장에선 마치 여러 명의 투수와 상대하는 기분이 들 겁니다.]

정확한 표현이었다.

특히 7회 들어온 세 명의 타자는 모두 같은 기분이었다.

'매번 다른 투수가 공을 던지는 거 같다.'

그만큼 공의 무브먼트가 달랐다. 분명 이미지를 머리에 새기고 배트를 돌리고 있지만 맞지 않았다.

귀신에 홀린 기분이었다.

'제길!'

그러거나 말거나 경기는 흘러갔다.

영웅은 타자가 정신을 차리지 못하게 빠른 템포로 공을 뿌렸다. 사인에 고개를 젓지도 않았다. 지금은 자신의 리듬이었다.

뺏길 생각은 추호도 없었다.

"후우!"

다리를 차올린 영웅의 상체가 돌아갔다. 트위스트. 비틀어진 상체가 풀리면서 회전이 시작됐다.

맹렬한 회전은 손을 통해 공으로 전달됐다. 마지막 순간 그의 손이 실밥을 챘다.

쐐애애애애액!

엄청난 회전을 보여주며 공이 미트를 향해 날아갔다. 타자도 발악하듯 배트를 돌렸다.

하지만 공의 밑으로 지나갔다.

이번에도 라이징 무브먼트였다.

뻐엉!

부앙!

"스트라이크! 배터 아웃!"

[삼진입니다! 세 타자 연속 삼구삼진으로 이닝을 마감하는 강영웅 선수! 개막전부터 7이닝 무실점 14탈삼진을 기록합니다!!]

인디언스는 개막전에서 7 대 0으로 승리했다.

영웅은 3년 연속 개막전 승리 투수라는 타이틀을 얻게 됐다.

7장
단호한 의지

개막전 승리는 인디언스의 연승으로 이어졌다.

뻐억!

"스트라이크! 배터 아웃!"

[삼진입니다! 잭슨 선수 시즌 첫 번째 세이브를 기록하며 팀의 승리를 지켜냅니다!]

여전한 인디언스의 수호신 잭슨.

그는 팀의 1점 차 리드를 지켜내며 첫 번째 세이브를 올렸다.

100마일이 넘는 공은 이제 그의 전매특허가 됐다.

특히 올 시즌에는 체중을 불리면서 최고 103마일까지 찍는 괴력을 선보였다.

딱!

[쳤습니다!! 큽니다! 넘어가느냐?!!]

[아-! 이건 갔어요!]

[넘어갔습니다! 세 번째 타석에서 역전 스리런을 터뜨리는 박형수 선수입니다!! 시즌 첫 번째 홈런!]

박형수 역시 메이저리그에 완벽히 적응했다.

3번 타자. 한국과 일본이 팀내 최고의 거포를 4번에 놓는 거에 비해 메이저리그는 3번 타자를 가장 탁월한 해결사를 배치한다.

3번 타자는 단순히 잘 치는 타자가 아니다. 언제든지 넘길 수 있고 찬스를 잡으면 절대 놓치지 않는 선수를 그곳에 둔다.

박형수는 올 시즌 3번에 자리를 잡으면서 그 역할을 톡톡히 하고 있었다.

뻑!

"볼! 베이스 온 볼!"

[볼넷입니다! 파렐 선수 오늘 경기 두 번째 볼넷을 얻어냅니다!]

[개막전부터 탁월한 선구안을 보여주고 있습니다. 삼진이 아직까지 단 한 개도 없어요!]

리드오프로서의 파렐은 매우 뛰어난 능력을 가지고 있었다.

그중에 하나가 선구안이었다. 작년 시즌 그는 메이저리그에서 가장 적은 삼진을 당한 타자 중 한 명이었다.

올 시즌에는 그 능력이 제대로 개화했다. 4경기 동안 그가 당한 삼진은 제로였다. 거기에 더 기가 막힌 건 하나가 더 있었다.

[리드 폭을 늘리는 파렐 선수, 견제구 던집니다. 하지만 여유롭게 들어오네요.]

선구안이 좋아졌다는 건 여러 가지로 설명할 수 있다.

하나는 집중력이 좋아졌다는 의미다. 집중력 역시 선수에게 중요한 스탯 중 하나였다. 타석에서 공을 집중해서 보면 삼진을 당하는 확률이 적어진다.

또 하나, 베이스에 나갔을 때도 그 효과가 나타났다.

[투수, 공 던집니다.]

팟!

[파렐 선수 스타트 걸었습니다!]

[스타트가 빨랐어요!]

딱!

[페르나 선수 때렸습니다! 타구는 1, 2루 간을 빠져나갑니다!]

2루수가 베이스 커버를 들어온 사이 1, 2루의 빈틈이 커졌다.

그곳으로 타구는 빠르게 굴러갔다.

[그사이 2루 베이스를 밟은 파렐 선수! 멈추지 않습니다! 우익수 공 잡습니다!]

파렐이 힐끔 뒤를 바라봤다. 우익수가 바로 눈에 들어왔다.

놀라운 일이다. 2루와 3루 베이스 사이를 달리고 있는 파렐의 위치에서 우익수까지는 멀다.

우익수가 점으로 보일 정도다. 또한 우익수와 파렐의 사이에는 여러 명의 수비가 있다.

우익수의 뒤에는 관중들도 있다.

그런데도 한 번에 우익수의 움직임을 잡아낸 것이다. 매우 높은 집중력이 없다면 불가능한 일이었다. 여하튼 우익수의 움직임을 확인한 파렐이 조금씩 속도를 줄였다.

그걸 본 우익수가 2루 쪽으로 발을 내디뎠다.

그 순간.

타닥!

파렐이 속도를 붙였다.

[아! 파렐 선수 3루 베이스를 그대로 통과합니다!]

[이건 무린데요?!]

[이건 뭔가요?! 우익수 공을 2루로 던집니다!]

[아ー! 이건 아니죠! 허술한 플레이가 나왔습니다!]

전력으로 공을 던진 게 아니다.

파렐이 3루에 멈출 거라 예상하고 힘을 빼서 2루에 던진 것이다.

1루 주자를 2루에 가지 못하게 하기 위한 의도였다.

하지만 최악의 선택이었다. 공이 느리게 날아오는 사이 파렐은 이미 홈베이스까지 절반을 넘어서고 있었다.

좌아앗!

거기에 헤드 퍼스트 슬라이딩을 하면서 홈 플레이트를 터치했다.

그 뒤에야 공이 포수의 미트에 꽂혔다.

"세이프!!"

[세이프입니다! 파렐 선수! 빠른 발로 선취점을 올립니다! 페르나 선수 역시 그 틈을 놓치지 않고 2루까지 출루합니다!]

[이야─! 정말 대단한 플레이가 나왔습니다.]

작년보다 한층 더 발전한 파렐은 완벽한 리드오프로 명성을 떨치기 시작했다. 고른 활약에 힘을 얻은 인디언스는 개막 이후 4연승이라는 질주를 하고 있었다.

그리고 5연승을 위해 팀의 에이스가 다시 마운드에 올랐다.

뻐억!

"스트라이크!! 배터 아웃!"

[배트조차 내밀지 못하고 삼진입니다!]

[정말 멋진 스플리터였습니다. 앞서 던졌던 하이 패스트볼이 있었기에 지금의 스플리터가 더욱 빛을 발했습니다!]

하이 패스트볼의 장점은 시각을 위에 집중시킨다는 점이다.

특히 직전에 던진 공일 경우 본능적으로 공의 위치를 다소 높게 잡는다. 자연스레 영웅이 던지는 스플리터의 효과가 배가 될 수 있었다.

영웅이 던지는 모든 변화구를 이런 패스트볼의 효과를 톡톡히 누리고 있었다. 테일링 무브먼트를 보여주는 패스트볼을 던진 뒤에는 슬라이더 계열로 타자를 현혹시켰다.

때로는 허를 찔러 아예 패스트볼을 연속해서 던질 때도 있었고 말이다.

타자의 눈을 속인다. 21세기 들어 투수들이 반드시 가져야 될 덕목 중 하나였다.

[7회까지 투구 수 87개로 무실점 피칭을 이어가고 있는 강영웅 선수, 4회에 나온 실책성 안타가 아니었다면 퍼펙트게임이나 마찬가지입니다.]

두 경기 연속 무실점 피칭.

이닝으로 따지면 14이닝 연속 무실점이었다.

또한 탈삼진 역시 두 경기 연속으로 두 자릿수를 기록했다.

[올 시즌 들어 벌써 27개의 탈삼진을 잡아낸 강영웅 선수, 오늘 경기는 9회까지도 가능한 투구 수입니다.]

경기 상황은 인디언스에 썩 좋지 않았다.

마운드는 굳건했지만 타석에서 산발성 안타만 터지고 있었다.

타자들의 감이 떨어진 건 아니다. 굳이 이유를 찾자면 운이 없어서라는 게 이유였다.

타구의 질은 나쁘지 않았다.

하지만 수비들의 정면으로 타구가 날아갔다.

또 하나.

'시프트가 좋다.'

감독과 코치진을 전면 교체한 것이다. 또한 단장이 사임했고 내부적으로도 많은 변화를 겪었다.

그중에 하나가 전략 분석 팀이었다.

캔자스시티의 전략 분석 팀은 약하다는 평가를 받았다. 실제 작년 시즌 메이저리그 30개 팀 중에서 시프트 확률이 가장 떨어지는 팀이었다.

하지만 올 시즌에는 확연히 달라졌다. 아직 충분한 데이터가 쌓이지 않았지만 캔자스시티가 현재까지 펼친 시프트 중 성공률은 73퍼센트였다.

즉, 열 번을 시도해서 7번의 성공을 거두었다는 소리다.

이는 경이로운 수준이었다. 이런 성공률을 낼 수 있었던 배경에는 새로운 전략 분석 팀이 있었다.

덕분에 선발 투수에서 밀려도 대등한 싸움을 펼쳐 가고 있었다.

'더 이상 야구는 선수만 하는 건 아니다.'

과학이 발전하면서 메이저리그는 많은 변화를 이루었다. 과거에는 선수의 능력이 우선시되었지만 현재는 그 외의 것들도 중요하게 이루어졌다.

특히 데이터를 중시하면서 시프트라는 기상천외한 작전까지 나왔다.

캔자스시티의 새로운 사령탑 맥켈리 감독은 그 시프트를 가장 잘 활용하는 감독 중 한 명이었다.

'엘리트 선수들 역시 어차피 사람이다.'

사람이기에 자신이 편한 쪽으로 힘을 쓰게 마련이다.

어떤 타자는 당겨 치는 게 편하고 또 다른 타자는 밀어치는 게 편할 수 있다.

극단적인 예도 있었다.

메이저리그의 한 타자는 좌, 우, 센터 중 좌측으로 날리는 공이 전체 타구의 80퍼센트가 넘는 경우도 있었다.

이런 경우는 어떤 팀이라도 극단적인 시프트를 펼친다.

캔자스시티는 극단적이진 않더라도 매 타자가 나올 때마다 시프트를 펼치면서 좋은 타구를 잡아냈다.

덕분에 인디언스는 안타가 나와도 산발성이 될 수밖에 없었다.

'흠, 생각보다 잘하는군.'

레온 감독은 순수하게 감탄을 했다.

야구인으로서 지금 캔자스시티가 보여주는 시프트는 매우 높은 수준임을 알 수 있었다.

'넋 놓고 당할 순 없지.'

벌써 경기 후반이다.

지금까지는 선수들을 믿었지만 돌파구가 보이지 않았다.

이럴 때는 변수를 만들어야 된다.

그러기 위해서는 먼저 상황이 만들어져야 했다.

퍽!

"볼! 베이스 온 볼!"

[볼입니다! 풀카운트 승부에서 볼넷을 골라내는 박형수 선수! 오늘 경기 첫 출루를 합니다!]

오늘 경기 내내 시프트에 막혔던 박형수다.

하지만 끈질긴 집념으로 출루를 성공시키는 그였다.

'좋았어.'

상황이 만들어졌다. 시프트는 분명 메이저리그에 큰 충격을 준 전략 중 하나다.

하지만 여기에는 큰 약점이 있었다.

바로 데이터다.

[레온 감독이 직접 그라운드에 올라옵니다.]

[아마 주자를 바꿀 것으로 보입니다. 박형수 선수의 발은 썩 빠른 편이 아니거든요.]

[그런 거 같습니다. 박형수 선수가 더그아웃으로 돌아옵니다. 대주자가 들어섭니다. 아~ 그리고 타자도 바꿔줍니다.]

[등번호가 41번이군요. 이거 예상외의 선택을 합니다.]

[그렇습니다. 41번은 신예 선수입니다. 작년에도 인디언스에 콜업이 되었다가 부상으로 다시 마이너리그로 돌아가야 했던 불운의 사나이죠. 레이커스 선수가 대타로 들어섭니다.]

호리호리한 레이커스가 들어서자 관중석에서 의아한 반응이 나왔다.

한 방이 있는 4번을 빼고 저런 타자를 내놓았으니 당연한 반응이었다.

[레온 감독의 과감한 선택인데요. 어떤 묘수가 숨어 있을까요?]

[글쎄요. 작년 시즌 메이저리그에 첫 콜업이 되었지만 인상적인 모습은 보여주지 못했습니다. 올 시즌 시범 경기에서는 꽤 괜찮은 모습을 보여주었지만 앞선 경기에서는 모두 범타로 물러났습니다.]

[하지만 캠프에서 야수 중에서는 유일하게 살아남은 선수 아닙니까?]

[그렇긴 합니다만 사실 레이커스 선수가 선발 엔트리에 들수 있었던 이유 중 하나는 작년에 이미 서비스 타임을 채웠기 때문입니다. 굳이 5~6월에 올릴 이유가 없어진 거죠.]

메이저리그에선 슈퍼 유망주들의 FA 기간을 최대한 미루기위해서 데뷔 시즌을 5~6월로 정하는 경우가 대부분이었다.

고작 1~2개월의 차이로 1년을 더 소유할 수 있으니 구단입장에선 무조건 이득이었다. 레이커스는 작년 시즌에 이미이 기간을 채웠기에 굳이 5~6월에 올릴 이유가 없었다.

[자. 과연 레온 감독의 과감한 선택이 맞아떨어질지 기대가 됩니다.]

레이커스는 신중한 얼굴로 투수를 바라봤다. 작년에는 떠는 모습을 자주 노출했지만 올 시즌에는 조금 달라졌다.

경험을 해봤기 때문이다. 미지의 세계였던 메이저리그 무대를 처음으로 밟으면 대부분의 선수가 떨게 마련이다.

긴장을 하게 되면 눈앞이 캄캄해지고 머리는 새하얗게 탈색이 된다.

무엇을 해야 할지 모른다.

하지만 경험을 해보면 점점 적응을 해나간다. 캄캄하던 시야가 뚫리고 새하얗던 머리는 상황을 정리해나간다.

지금 레이커스가 그런 상태였다.

'공을 때리기만 하면 돼!'

타석에 들어서기 전.

레온 감독이 했던 말이다. 목표를 확실하게 정해두고 타석에 들어섰기에 망설임은 없었다.

노리는 건 단 하나였다.

경험이 적었기에 용감할 수 있었다. 날아오는 공에 레이커스의 배트가 간결하게 돌았다.

이번 캠프에서 그는 자신의 장단점을 확실히 알게 되었다.

코치진의 도움 덕분이다.

단점은 몸이 왜소해서 파워가 없다는 부분이다. 자신에게 메이저리그 투수들의 공을 상대로 담장을 넘길 수 있는 힘이 없었다.

그렇다면 차선을 택해야 했다.

바로 정확도를 높이는 것이었다. 캠프 기간 그것을 중점적으로 연습을 해서 정확도를 많이 높였다.

'힘을 빼고 간결하게!'

딱!

공이 배트에 맞았다.

좌타자인 레이커스의 발 앞에서 튀어 나간 공이 1, 2루 간을 향해 날아갔다.

'제길!'

저 위치라면 2루수의 수비 위치였다. 잡혔다고 판단하며 고개를 들었을 때. 뻥 뚫려 있는 1, 2루 간이 보였다.

'2루수는?'

고개를 왼쪽으로 돌리자 베이스 커버를 들어가던 2루수가 급격히 몸을 트는 게 보였다.

'아!'

그 옆으로 대주자가 달리고 있었다.

도루를 감행한 것이다. 작전이 맞아떨어지자 레온 감독의 입가에 미소가 그려졌다.

'시프트는 충분한 데이터가 만들어졌을 때 사용할 수 있는 전략이다. 아직 데이터가 쌓이지 않은 신예들에게는 사용할 수 없는 법이지.'

시프트를 사용하지 못하더라도 좌타자이기에 1-2루 간의 빈틈을 좁혔다.

그걸 벌리기 위해 도루를 감행시켰다. 작전은 완벽히 맞아떨어졌다. 주자가 쌓였고 다음 타자가 타석에 들어섰다. 분위기가 넘어온 상황에서 인디언스의 타자들은 그 기회를 놓치지 않았다.

딱!

[쳤습니다! 중견수 앞에 떨어지는 안타! 연속 안타입니다!]

따악!

[좌익수 뒤로 물러나 안전하게 잡습니다. 3루 주자 태그업! 홈에 들어옵니다. 선취점을 올리는 인디언스입니다!]

점수가 나기 시작했다.

'작전을 잘 쓰는 감독님이야.'

메이저리그 진출 이후 세 번째 맞이하는 감독이었다. 짧은 기간이지만 그 셋 중에서 가장 인상적인 작전을 펼치고 있었다.

'나도 그 기대에 부응해야지.'

자리에서 일어나 박형수에게 말했다.

"형, 공 좀 받아주세요."

"오케이."

포수 출신인 그는 바로 영웅의 의도를 간파했다.

공격이 길어지면 투수의 어깨를 식는다. 구속이 떨어지고 제구력이 흔들릴 수 있기에 캐치볼을 통해 어깨를 충분히 데운다.

영웅은 8회에도 나갈 생각이었다.

정확히는 상황이 그렇게 될 것으로 생각했다.

'로열스가 쉽게 무너질 상대는 아니니까.'

오늘 경기에서 로열스는 위기를 이겨내는 모습을 보여주었다.

저런 팀은 후반이라도 쉽게 무너지지 않는다.

퍽!

"우와아!"

[호수비가 나왔습니다! 강한 타구를 몸을 날려 잡아내는 유격수 호세 선수! 정말 멋집니다!]

[인디언스 입장에서는 좋은 기회를 날리고 말았습니다.]

[순식간에 투 아웃이 된 인디언스는 한 점을 더 뽑아야 되지 않겠습니까?]

[맞습니다. 리드를 하고 있지만 아직 불안한 면이 있습니다.]

스코어는 1 대 0.

이 상황에서 공격이 끝난다면 분위기는 단숨에 로열스로 넘어갈 가능성이 있었다. 그리고 좋지 않은 예상은 정확히 맞아떨어졌다.

딱!

[타구 높게 떴습니다!]

중견수에게 날아가는 평범한 플라이가 나왔다.

퍽!

[쓰리 아웃입니다! 노아웃 만루 상황에서 단 1점을 올리는 인디언스입니다.]

노아웃 만루.

겉으로만 봤을 때는 완벽한 찬스로 보인다.

실제 대량 득점도 가능하다.

그러나 의외로 노아웃 만루 상황은 점수가 잘 나지 않는다. 완벽한 찬스이기 때문에 타자들도 긴장을 하기 때문이다.

반대로 위기이기 때문에 수비들의 집중력은 높아진다.

"위기 뒤에는 찬스가 온다."

야구계에 이런 말이 있었다.

그걸 알기에 레온 감독은 가장 믿을 수 있는 투수를 다시 한번 투입했다.

[8회 말! 팀의 리드를 지키기 위해 강영웅 선수가 다시 한번 마운드에 오릅니다!]

[이번 이닝은 매우 중요합니다. 만루 상황에서 1점밖에 내주지 않았기 때문에 로열스 선수들의 기세는 등등할 수밖에 없습니다.]

영웅도 잘 알고 있었다. 그렇기에 자신이 올라와야 했다.

저 기세를 막을 수 있는 건 자신밖에 없었다.

"후우……!"

크게 한숨을 내쉰 영웅이 상체를 비틀었다.

[강영웅 선수, 초구 던집니다.]

쐐애액!

딱!

"파울!"

[3루 쪽 관중석에 떨어지는 파울입니다. 구종은 패스트볼로 보였는데요?]

[그렇습니다. 이번에는 무브먼트가 나오지 않았습니다. 스트레이트 패스트볼에 가깝다고 볼 수 있겠네요.]

무브먼트를 일으키기 위해선 악력이 필요하다.

아무리 영웅이라 하더라도 경기 후반에 접어들면 악력이 떨어진다.

그로 인해 간혹 무브먼트가 일어나지 않는 경우가 생겼다.

'더 집중하자.'

지금 믿을 건 집중력밖에 없었다.

손끝의 감각을 극대화시켜 실밥을 하나까지 느끼는 집중력이 필요했다.

[2구 던집니다!]

쐐애애액!

스트레이트로 날아오던 공이 홈플레이트 앞에서 변화를 일으켰다. 바깥쪽으로 흘러 나가는 공이 유연하게 배트를 피해냈다.

빡!

"스트라이크!!"

[배트 헛돕니다!]

[이번에는 마지막 순간, 무브먼트를 일으키면서 타자의 배트에서 도망쳤네요.]

'집중……'

쐐애액!

빡!

이번에는 배트를 돌리지도 못했다. 몸 쪽을 찔러왔기 때문이다. 아슬아슬한 위치였다.

타자도 마음속으로는 확신하지 못했다.

남은 건 구심의 판단이었다.

"스트라이크!! 아웃!"

[삼구삼진입니다!! 강영웅 선수 97마일의 빠른 공으로 삼진을 잡아냅니다!]

[첫 타자를 아주 깔끔하게 잡아냈습니다. 몸 쪽을 파고드는 공이었기 때문에 타자의 배트가 나오기도 어정쩡했어요.]

'마지막 순간 공이 휘었다.'

자신이 마지막으로 체크를 했을 때는 존 밖이었다.

한데 공이 잡힌 위치는 존 안이었다.

'제길……'

테일링 무브먼트. 까다롭다는 말로는 표현할 수 없는 수준이었다.

원 아웃.

[강영웅 선수의 스태미나는 정말 놀라운 수준입니다. 8회, 투구 수 90개가 넘었지만 여전히 90마일 후반의 공을 던지고 있어요.]

[대부분의 투수가 후반에 접어들면 구속이 낮아지지 않습니까?]

[예, 체력이 떨어지기 때문에 일어나는 현상입니다. 물론 강영웅 선수도 공의 회전수가 떨어지면서 다소 밋밋한 공들이 보이고 있습니다. 하지만 구속은 여전히 빠르기 때문에 충분히 타자들을 상대할 수 있습니다.]

올 시즌.

영웅은 캠프 전부터 많은 준비를 했다. 또한 작년과 다르게 체력적인 부분에도 각별히 신경을 썼다. 그 결과인지 모르겠지만 작년 이맘때에 비해 체력이 확실히 좋아졌다.

뻐엉!

"스트라이크!! 투!"

"후우!"

크게 한숨을 내뱉는 영웅의 입가에 미소가 그려졌다.

원하는 곳으로 공이 간다는 건 투수에게 언제나 기쁜 일이었다.

세 번째와 네 번째는 유인구를 던졌다.

하지만 타자의 배트는 나오지 않았다.

'역시 무브먼트가 줄어드니 공의 변화가 적어졌다.'

그래서 네 번째 공은 스플리터로 뿌렸다. 일종의 밑밥이었다.

와인드업을 한 영웅이 5구를 뿌렸다.

쐐애액!

빠르게 날아오는 공은 아무 변화가 없는 포심 패스트볼이었다.

일명 스트레이트 패스트볼.

'두 번 연속 스플리터?'

타자의 머리에 그 생각이 스치고 지나갔다. 영웅이기에 이런 변화가 없는 패스트볼은 오지 않을 거다. 그렇게 판단한 것이다.

그게 함정이었다.

뻑!

공은 그대로 존을 통과해 미트에 꽂혔다.

딱 치기 좋은 코스였다. 바깥쪽 약간 낮은 곳. 배트를 돌렸다면 충분히 안타를 만들어낼 수 있었을 거다.

하지만 의문이 생기는 순간, 기회는 날아갔다.

"스트라이크!! 아웃!"

[삼진입니다! 거의 존의 가운데를 뚫는 공에 타자의 배트는 돌지 않았습니다!]

프로의 세계에서 던지는 공은 무의미한 것이 없다. 모든 공에 복선이 깔려 있고 계획이 잡혀 있다. 그것을 해내기 위해서는 기본적으로 투수의 공이 제구와 구위가 잡혀 있어야 했다.

그래야 속일 수 있기 때문이다.

영웅의 공은 그런 점에서 보았을 때 완벽 그 자체였다. 제구와 구위 모두 뛰어나니 타자들은 매번 속을 수밖에 없었다.

뻐억!

"스트라이크! 배터 아웃!"

[삼진으로 이닝을 마감하는 강영웅 선수! 투구 수 102개! 8이닝 무실점으로 팀의 리드를 지키면서 마운드를 내려옵니다!]

9회 말.

영웅의 뒤를 이어 마운드에는 잭슨이 올라왔다.

그는 특유의 강속구를 연달아 뿌리며 순식간에 투 아웃을 잡아냈다.

뻐엉-!

"스트라이크!! 배터 아웃!"

[삼구삼진! 마지막 아웃 카운트를 잡는 데 필요한 공은 단 세 개였습니다! 잭슨 선수, 시즌 3번째 세이브를 달성합니다!]

마운드로 선수들이 올라왔다.

수많은 선수가 있었지만 카메라가 따라가는 건 오늘의 MVP인 영웅이었다.

[강영웅 선수는 시즌 2승을 거두면서 팀의 연승 행진을 5승으로 갱신했습니다!]

인디언스 클럽하우스.

"크하하! 오늘 정말 잘했다!"

"이야—! 어떻게 그 타이밍에 기기에 따 타구를 날리냐?!"

베테랑들이 한 선수를 칭찬하고 있었다. 칭찬을 받는 레이커스의 입에선 웃음이 떠나지 않았다.

그의 타점은 결승타점이 됐다. 또한 오늘의 타점은 레이커스가 메이저리그에서 기록한 첫 번째 타점으로 남게 됐다.

팀의 연승을 지켜냈기에 더욱 뜻 깊고 기억에 남을 기록이었다.

"오늘 경기 멋졌다."

영웅도 레이커스를 칭찬하는 데 한몫을 거들었다. 메이저리그 최고 투수에게서 나온 칭찬에 레이커스의 광대는 하늘로 승천을 했다.

"축하의 의미로 오늘 밤에 내가 한턱 쏘고 싶은데, 어때?"

"정말?!"

레이커스의 눈이 빛났다. 팀 메이트라고는 하나 친분을 쌓지 못했던 두 사람이다.

정확히는 레이커스가 영웅을 어려워하고 있었다. 나이는 비슷했지만 팀에서 가장 중요한 선수라 할 수 있는 영웅이다.

메이저리그 루키급이라 할 수 있는 레이커스가 함부로 다가갈 수 없었다.

그런데 먼저 제안을 해주니 고마울 따름이었다.

"당연히 정말이지. 네 덕분에 승리도 올렸으니 근사한 저녁을 대접할게."

영웅이 먼저 제안한 이유는 분명 있었다.

그가 루키 시절 다른 선수들에게 이런 제안을 받았기 때문이다.

메이저리그의 베테랑들은 신인이 들어오면 짓궂은 장난을 치기도 한다.

하지만 분명한 건 그들을 챙겨준다는 사실이다.

신인들이 클럽하우스에 잘 적응할 수 있게 배려하고 친해지기 위해 자리를 마련한다.

이는 메이저리그의 오래된 역사 속에서 내려오는 전통이라 할 수 있었다.

사실 메이저리그만이 아니라 일본이나 한국 역시 비슷한 풍습은 있었다.

지금은 가장 가까운 지인이 된 박형수 역시 약속을 잡을 때는 먼저 연락이 오게 마련이었다.

이렇게 선배가 후배에게 먼저 제안을 하는 건 그들 역시 후배의 입장에서 배려를 받아봤기 때문이다.

메이저리그 4년 차.

어느새 영웅도 팀에서 그런 일을 해야 될 위치에 오른 것이다.

클럽하우스의 분위기는 곧 팀의 승리로 이어진다.

메이저리그의 한 출입 기자가 했던 말이다. 그만큼 클럽하우스를 이끌어 가는 사람이 누구냐에 따라 그 팀의 분위기가 결정된다.

특히 인디언스처럼 젊은 팀의 경우 클럽하우스의 리더가 매우 중요한 역할을 한다.

하지만 인디언스는 제대로 된 리더가 없는 상황이었다. 작년에는 투타에 주장격이라 할 수 있는 베테랑들이 자리를 잡고 있었다.

그러나 올 시즌에는 모두 자리에서 이탈을 했다. 한 명은 부상, 또 다른 한 명은 트레이드로 다른 팀으로 자리를 옮겼다.

남은 베테랑들이 있지만 그들이 리더 역할을 하기에는 성적이 뒷받침 되지 못했다.

메이저리그는 철저하게 성적 위주로 돌아가는 곳이었다. 간혹 나이를 들먹이는 이들도 있었지만 오래 되지 않아 리그에서 보이지 않게 된다.

그것을 알기에 대부분의 젊은 선수는 그를 따르지 않는다. 인디언스의 베테랑들은 그 존경심을 얻기에 모자란 선수였다.

그렇기에 레온 감독의 고민은 깊어갔다.

'지금이야 연승을 하고 있어서 상관없지만 패배 혹은 연패가 이어지면 어떻게 될지 모른다.'

너무 이른 걱정일 수도 있다.

하지만 감독은 원래 걱정을 해야 하는 자리였다. 6개월이란 시즌 기간 동안 팀은 살아 있는 생명처럼 이렇게 변했다가 저렇게 변하게 된다.

지금은 연승을 하고 있더라도 분명 연패에 빠지는 날이 오게 된다. 그때를 이겨내기 위해서는 팀을 이끌어가는 정신적 지주가 필요했다.

'타자 쪽에서는 박형수가 가장 베테랑이다. 하지만 그는 이제 2년 차야.'

한국에서 긴 시간을 뛰었지만 미국은 오로지 메이저리그만을 경력으로 따진다.

그만큼 프라이드가 강한 곳이 메이저리그였다. 그렇기에 박형수가 팀을 휘어잡을 거란 기대는 할 수 없었다.

'투수 쪽은……'

2선발 스티븐이 베테랑 축에 속했다.

하지만 그는 개인주의가 강했다. 예전에 같은 팀에서 감독과 선수로 있었기에 잘 알고 있었다.

팀을 이끌어 갈 리더가 될 수 없다는 사실을 말이다.

'성적이 가장 좋은 건 강영웅이다.'

성적만 놓고 보면 독보적이었다.

인디언스에서만 4년 차를 맞이한 것 역시 장점 중 하나였다.

하지만 걸림돌이 있었다.

바로 나이였다. 미국 나이로 따지면 강영웅은 24살에 불과했다. 원래 이 나이라면 마이너리그에서 열심히 수련을 쌓아야 되는 나이다.

'어려도 너무 어리다.'

메이저리그가 성적을 우선시한다고는 하나 24살은 너무 어렸다.

팀을 휘어잡기에는 말이다.

그것이 레온 감독의 판단이었다.

"후우…… 머리가 아프군."

이렇게 젊은 팀을 맡는 건 레온 감독으로서도 처음이었다.

그렇기에 더욱 머리가 복잡했다.

하지만 해내야 한다.

그게 감독인 레온에게 주어진 임무였으니 말이다.

8장
팀의 상승세

[인디언스 시즌 첫 패배! 레드삭스에 일격을 맞다!]

연승이 끊어졌다.

레드삭스에게 허용한 한 번의 홈런이 결정적이었다.

인디언스도 경기를 잘 이끌었다. 투수전과 난타전이 이어지면서 재밌는 경기가 펼쳐졌다. 그러면서도 점수는 단 1점밖에 나지 않았다.

경기장을 찾은 관중은 두 팀 모두에게 박수를 보냈다.

레온 감독은 2차전을 걱정했다.

연승을 하던 팀이 첫 패배를 했을 때 가장 중요한 경기는 바로 다음이다.

'패배는 한 번으로 끊어야 한다.'

레온 감독의 걱정은 기우였다.

다음 날 2차전에서 1회부터 인디언스의 타선이 폭발했다.

딱!

[파렐 선수 안타입니다! 중견수 앞에 떨어지는 깔끔한 타구를 날려 보냅니다!]

[3구를 제대로 받아쳤습니다. 아주 좋은 스윙이었어요.]

[2번 페르나 선수가 타석에 들어섭니다.]

타순을 변경한 이후 페르나의 상승세는 무서웠다. 타율이 작년 같은 시기와 비교했을 때 5푼이나 올랐다.

초반이라고는 하나 세부적인 스탯을 보더라도 완벽한 변신을 이루었다. 가장 눈에 띄는 건 삼진율이 줄었다는 것이다.

과거 페르나는 장타를 의식해서 스윙이 컸다.

타순을 변경하면서 그 부분을 수정했다. 폼을 콤팩트하게 변경하고 힘을 사용하기보다는 맞히는 데 중점을 주었다.

그러면서도 장타는 포기하지 않았다. 그럴 수 있었던 이유는 바로 손목에 있었다.

페르나는 비시즌 기간과 캠프 동안 손목 강화에 공을 들였다. 손목을 강화시키는 건 생각보다 어렵다. 다시 태어나는 게 더 쉬울 거라는 말이 있을 정도니 얼마나 어려운지 알 수 있다.

페르나는 그것을 극복해 냈다. 손목 강화가 된 덕분에 스윙은 작아졌지만 파워는 유지할 수 있었다.

지금처럼 말이다.

따악!

[쳤습니다!! 이건 멀리 갑니다!]

빠르고 낮게 날아간 타구가 그대로 오른쪽 담장을 넘어 갔다.

[넘어갔습니다! 첫 타석에서부터 투런 홈런을 기록하는 페르나 선수입니다!]

선취 득점이 나왔다.

하지만 거기서 끝나지 않았다.

3번으로 타석에 들어선 박형수는 3번째 떨어지는 커브를 그대로 올려쳤다.

따악!

어퍼 스윙으로 때린 타구가 매우 높게 떠올랐다.

[이번에도 큽니다!!]

타구는 그대로 중견수 뒤 관중석에 떨어졌다. 엄청난 비거리의 홈런이었다.

[백투백 홈런이 터집니다!! 페르나 선수와 박형수 선수의 백투백 홈런!! 순식간에 점수를 3점으로 벌립니다!]

인디언스는 강했다.

어제의 패배를 돌려주겠다는 듯 맹폭을 쏟아부었다. 레드삭스의 반격도 강했지만 인디언스를 이기진 못했다.

뻐억!

"스트라이크!! 배터 아웃!"

[게임 셋! 스코어 7 대 3으로 인디언스가 2차전을 가져갑니다!]

[강영웅 시즌 세 번째 등판에서 3승을 수확! 7이닝 무실점 2피안타 12K!]

[강영웅 시즌 4승을 올리다. 8이닝 무실점 1피안타 13K!]

4월.

영웅은 무서운 속도로 승리를 수확했다.

이번 시즌 그가 부진할 수도 있을 거란 의견을 내놓았던 전문가들을 무안하게 만드는 성적이었다.

4월에만 4승.

아메리칸리그 다승 공동 1위이자 유일한 평균 자책점 제로의 투수가 되어 있었다.

작년 월드시리즈의 아쉬움은 이미 사라졌다.

팬들은 영웅이 등판하는 날에 약속이라도 한 듯 경기장을 찾았다. 수만의 관중을 수용할 수 있는 프로그레시브 필드가 매번 매진이 되고 있었다.

구단으로서는 환호성을 지르기에 바빴다.

"강영웅 선수의 유니폼 판매량이 메이저리그 전체 1위에 올랐습니다."

"인터넷 판매 역시 엄청난 수치를 기록하고 있습니다. 특히 한국은 물론 중국과 일본에서도 많은 양의 유니폼이 판매되고 있습니다."

"동양권에서의 인기는 정말 대단하군."

레이널드 단장도 감탄을 금치 못했다.

일본은 그렇다고 할 수 있었다.

최근 일본은 자국 내 리그보다는 메이저리그에 더 관심을 많이 두는 팬이 많았다.

실제 일본은 강속구 유망주들이 대거 등장하고 있다.

그 계기가 바로 메이저리그다. 그들의 인터뷰를 보면 메이저리그의 강속구 투수들을 보고 빠른 공에 매료가 되었다는 이야기를 한다.

그만큼 강속구라는 건 사람을 끌어들이는 무언가가 있었다.

'중국에서도 잘 팔릴 줄이야.'

중국은 매우 큰 시장이다. 땅덩이가 넓고 그곳에 있는 인구도 많았다. 그런 곳을 뚫을 수 있다면 엄청난 매출로 이어진다.

하지만 중국은 야구가 활성화되지 않은 국가 중 하나였다. 자국 리그가 있다고는 하나 그 규모는 매우 작았다.

메이저리그를 시청하는 인구 역시 적었다.

그동안 메이저리그의 빅스타들이 그곳에서 올린 매출을 보더라도 보잘것없었다.

그런데 영웅의 매출은 이례적으로 높았다. 가장 큰 이유는 같은 동양인이라는 점이다.

메이저리그에는 많은 동양인 선수가 뛰었다. 그중에는 전설에 비견되는 업적을 남긴 선수도 있었다.

하지만 최고의 위치에 오른 선수는 극히 적었다. 특히 투수 중에는 없다고 단언할 수 있었다.

그것을 영웅이 해냈다. 단순히 최고 수준의 투수가 아니라 메이저리그 톱을 달리고 있었다.

특히 기교파가 아닌 강속구로 정면승부를 하는 그의 모습에 중국의 야구팬들이 반한 것이다.

'더 많은 물건을 찍어내야 한다.'

선수의 매출은 곧 구단의 수익으로 이어진다. 수익이 높아지면 단장으로서 레이널드의 가치 역시 상승하게 된다.

그의 머릿속에 수많은 아이디어가 떠올랐다.

영웅을 상품화시킬 수 있는 아이디어들이 말이다.

5월.

여전히 영웅은 좋은 페이스를 유지했다.

뻐억!

"스트라이크!! 배터 아웃!"

[열두 번째 삼진! 7회 마지막을 장식하는 공은 97마일의 빠른 공이었습니다!]

마운드를 내려오는 그의 얼굴에는 미소가 그려졌다.

오늘도 완벽한 경기 내용이었다. 7이닝 무실점 2피안타 1볼넷 12탈삼진. 벌써 7경기를 치른 영웅이지만 평균 자책점은 제로를 기록 중이었다.

올 시즌 어떤 성적을 올릴지 많은 언론이 관심을 가지고 있었다.

뻐억!

"스트라이크! 아웃!"

[9회 초! 마운드에 오른 잭슨 선수, 첫 타자부터 삼진으로 시작합니다! 2년 전만 하더라도 잭슨 선수는 아직 미완의 선수 아니었습니까?]

[그렇습니다. 빠른 공을 가지고 있었지만 멘탈이 약하고 제구력이 많이 흔들렸던 투수입니다. 그런데 2년 만에 완벽히 다른 선수가 됐습니다.]

[현재는 명실상부 메이저리그 최고의 마무리 중 한 명입니다.]

빠악!

"스트라이크!"

[101마일의 빠른 공이 미트에 꽂힙니다!]

타자의 배트는 번번이 허공을 가로질렀다.

선발이 7회까지 지킨다. 셋업맨이 8회를 틀어막는다. 그리고 클로저가 9회를 지운다.

이 완벽한 하모니가 이루어지는 경기에 레온 감독의 마음은 편할 수밖에 없었다.

뻐억!

"스트라이크! 배터 아웃! 게임 셋!"

[게임 끝났습니다! 잭슨 선수 올 시즌 10번째 세이브를 기록합니다.]

경기 후.

클럽하우스에는 수많은 기자가 모였다. 영웅의 인터뷰를 하기 위해서다.

한국과 일본, 그리고 미국의 언론들이 한자리에 모여 발 디딜 틈이 없을 정도였다.

"강영웅 선수, 벌써 시즌 5승을 거두었습니다. 아직까지 평균 자책점이 제로인데요. 어디까지 이 기록을 이어갈 수 있을 거라고 보십니까?"

"최선을 다하다 보면 좋은 결과가 있을 것이라 생각합니다."

기자들의 얼굴에 언뜻 실망한 표정이 나타났다. 교과서적인 답변이었기 때문이다.

그때 영웅이 말을 이어갔다.

"개인적인 바람으로는 시즌이 끝날 때까지 이 기록이 깨지지 않았으면 합니다."

빙긋 웃는 그의 모습에 기자들의 손이 바빠졌다.

그 모습을 보는 박형수가 고개를 저었다.

'팬서비스도 할 줄 알고 완전히 프로 다 됐군.'

처음 만날 때는 아직 앳된 티를 벗지 못했던 영웅이다. 인터뷰를 해도 부끄러워하던 모습이 눈에 보였다.

하지만 지금은 능숙하게 인터뷰를 해나갔다. 기자들과의 대화도 스스로 이끌어 나갈 정도로 노련미도 보였다.

경험이 쌓인 것이다.

"자, 오늘 인터뷰는 여기까지 하겠습니다."

구단 관계자가 적절한 타이밍에 기자들의 질문을 차단했다. 질문 공세에서 벗어난 영웅은 그제야 샤워 룸으로 들어갔다.

동료들은 이미 샤워가 끝난 듯 룸은 한적했다.

쏴아아악!

차가운 물이 온 몸의 열기를 식혀주자 한숨이 절로 나왔다.

"후우……."

7경기 연속 퀄리티 스타트 플러스. 아직 초반이기는 하나 경기 직후에는 녹초가 될 만했다.

영웅은 손을 뻗어 자신의 등을 만졌다.

정확히는 척추 부근이었다.

'다행이다.'

별다른 고통이 느껴지지 않았다.

경기 후, 영웅은 새로운 버릇이 생겼다. 척추 부근의 근육을 만져 고통이 느껴지는지 확인하는 것이었다.

작년 그 부상 이후 생긴 버릇이다.

"트위스트 투구 폼을 버리는 게 좋습니다."

문득 김성일 박사의 말이 떠올랐다.

'쓸데없는 생각을…….'

고개를 저어 생각을 떨쳐 냈다.

'이 투구 폼은 잭과 나를 연결해 주는 유일한 고리다.'

잭은 영웅에게 있어 특별한 존재다. 야구를 처음 가르쳐 준 사람이 그였고 자신이 이 자리에 올 수 있게 해준 사람이었다.

그렇기에 더더욱 트위스트 투구 폼에 집착이 생겼다. 그 사람과 만날 수 없기에 다른 것에 집착을 하는 것이었다.

'절대 포기할 수 없어.'

불끈 쥔 주먹을 바라보는 영웅의 눈빛은 결의로 가득 차 있었다.

[올해 역시 올스타전의 열기는 뜨겁습니다.]

[최고의 스타들이 모이는 화려한 무대를 보기 위해 수만의 관중이 찾았습니다.]

[이런 자리에 강영웅 선수는 4년 연속 참가하게 됐습니다. 정말 자랑스럽습니다.]

[올해는 박형수 선수 역시 당당하게 올스타 자격으로 출전을 하게 됐어요.]

올스타전.

최고의 스타들이 모이는 무대의 마운드에 영웅이 섰다. 그 모습을 TV로 바라보는 예린은 뿌듯한 감정이 들었다.

'오빠, 힘내요!'

올해는 미국을 찾지 못했다. 걸스 스케줄이 겹쳤기 때문이다.

"넌 또 야구 보냐?"

그때 까칠한 목소리가 들려왔다.

같은 멤버인 송지연이었다. 스모키 화장을 한 그녀는 센 언니 캐릭터로 인기를 모으고 있었다.

실제 성격도 비슷했다.

걸스에서 가장 성격이 나빠 불화를 자주 일으켰다. 그나마 최근에는 조용한 편이었다.

곧 걸스의 계약이 종료되기 때문에 다른 기획사에 좋은 모습을 보여주기 위한 일종의 연막작전이었다.

예린은 그런 송지연을 보며 미소를 지었다.

"네, 언니도 같이 볼래요?"

"됐다. 야구 그게 뭐가 재미있다고. 너도 사실은 야구에 관심 없고 네 남편 보려고 보는 거잖아?"

"헤헤……."

"넌 좋겠다. 연예계 은퇴해도 돈 잘 버는 남자 낚았으니까 말이야."

송지연의 말투에 예린의 고운 이마가 일그러졌다.

하지만 금세 표정을 고쳤다. 평소 그녀의 성격을 잘 알기에 괜한 트러블은 피하기 위해서였다.

'난 돈 때문에 오빠를 만난 게 아니야. 정말 오빠를 사랑한단 말이야.'

마음속으로 소심한 대항을 하는 그녀였다.

올스타전은 내셔널리그 팀의 승리로 돌아갔다. 짧은 휴식이 지나고 영웅은 다시 팀의 우승 레이스에 동참했다.

인디언스의 후반기 스타트는 좋지 못했다. 7 대 1로 디트로이트 타이거즈에게 패배하고 말았다.

경기 내용도 썩 좋지 못했다. 무기력하게 끌려가면서 경기를 내주었다.

'분위기 반전을 해야 된다.'

전반기에 인디언스는 중부 지구 1위로 마감했다. 2위인 디트로이트와 게임차는 4게임차였다.

여유롭진 않지만 숨통은 트였다. 문제는 후반기 첫 시리즈에서 충분한 승리를 거두는 게 중요하단 점이었다.

'페르나가 범타로 많이 물러난 게 패배의 이유다.'

1차전에서 페르나는 총 2번의 더블플레이를 만들어냈다. 덕분에 박형수에게까지 기회가 가지 않았다.

필승 패턴이 깨진 것이다.

'하지만 오늘 경기에선 영웅이 나간다.'

2차전에서는 영웅이 선발로 나선다. 레온 감독의 어깨가 한결 가벼워질 수 있었다.

'반드시 이긴다.'

프로그레시브 필드는 일찌감치 만원 관중이 찼다.

현재 영웅의 성적은 16전 14승.

메이저리그 유일의 무패 투수로 남아 있었다. 평균 자책점

제로는 깨졌지만 그에게는 아직 현재진행형인 기록이 하나가 있었다.

바로 연승 기록이었다. 작년 기록을 포함 영웅은 현재까지 18연승을 달리고 있었다. 노디시전을 포함한 기록이기는 했지만 과연 영웅이 언제까지 패배 투수가 되지 않을 것인지 기대가 모였다.

[강영웅 선수가 마운드에 올라섭니다.]

[표정이 아주 좋습니다. 충분한 휴식을 취한 듯 몸이 가벼워 보여요.]

[어제 경기에서 팀이 패배했기 때문에 다소 부담이 되지 않을까요?]

[강영웅 선수는 강철 심장을 가지고 있습니다. 그런 일로 부담을 느낄 만한 선수는 아니죠.]

[그렇군요. 자, 경기 시작됩니다.]

"플레이볼!"

구심이 경기 시작을 알렸다.

후반기 레이스가 시작된 것이다.

[첫 타자 어제 경기에서 3안타 경기를 펼친 요한 산티아고 선수입니다.]

[타격감이 매우 좋았습니다. 강영웅 선수 신중하게 접근할 필요가⋯⋯.]

와인드업을 한 영웅이 초구를 뿌렸다.

[강영웅 선수, 초구 빠르게 던집니다!]

뻐억!

몸 쪽 깊숙한 곳으로 공이 들어갔다.

타자가 반응하기 어려운 위치였다.

"볼!"

구심의 판정에 영웅의 미간이 좁혀졌다.

'빡빡하군.'

매 경기 스트라이크존은 달라진다. 사람이 판정을 내리다 보니 조금씩 그 구조가 달랐다. 그렇기에 배터리가 가장 먼저 해야 할 것은 그날 구심의 스트라이크존을 파악하는 일이었다.

빡!

"스트라이크!!"

2구 역시 배트는 나오지 않았다. 바깥쪽 존에서 반 개 정도 나가는 코스였다.

'이곳은 잡아주는군.'

오늘 구심의 성향을 파악할 수 있었다. 몸 쪽은 짜고 바깥쪽은 다소 후한 편이었다.

'그럼 이걸 던져야지.'

'내가 원하는 거야.'

페르나의 사인에 영웅이 미소를 지었다.

두 사람이 파트너를 맺은 지 꽤 오랜 시간이 지났다. 처음에는 잘 맞지 않던 호흡이 이제는 찰떡궁합을 이루고 있었다.

한국에서 배터리를 일컬어 부부라고도 한다. 경기를 이끌어 가기 때문이기도 하지만 두 사람의 마음이 하나가 되어야 좋은 피칭을 만들어내기 때문이다.

그런 점에 있어 두 사람은 매우 좋은 파트너였다. 서로의 마음을 이해하고 던지고 싶어 하는 곳을 먼저 말해주기 때문이다.

[강영웅 선수, 3구 던집니다!]

손을 떠난 공이 맹렬한 속도로 날아갔다.

코스는 바깥쪽 낮은 곳.

이번에는 타자도 스윙의 시동을 걸었다.

'오늘 구심은 바깥쪽이 후하다. 이 정도 코스면 반드시 스트라이크 콜이 나온다.'

투수만이 아니라 타자 역시 구심의 스트라이크 존을 파악하는 데 첫 타석을 사용한다.

앞서 두 개의 공을 통해 좌우의 폭을 알 수 있었다.

산티아고 역시 구심의 존을 파악했다.

그의 배트는 간결하면서도 정확하게 공의 궤적을 노리면서 지나갔다.

'맞혔다!'

그렇게 판단을 내린 순간. 공이 사라졌다.

'스플리터!'

순식간에 구종을 파악했다. 하체를 낮추면서 스윙의 궤적을 변경했다.

하지만 공은 이미 원 바운드가 된 뒤였다.

퍼퍽!

두 번의 둔탁한 소리가 났다.

부앙!

뒤이어 배트가 바람을 가르는 묵직한 소리가 그라운드에 울려 퍼졌다.

"스트라이크!! 투!"

[산티아고 선수 헛스윙 합니다! 스플리터로 보였는데 말이죠?]

[맞습니다. 이번 공은 스플리터였어요. 바깥쪽, 그러니까 2구와 같은 코스로 던져 배트를 유인했습니다. 마지막 순간 공이 떨어지니 헛스윙이 나올 수밖에 없었습니다.]

완벽한 미끼였다.

'제길! 여전히 변화가 늦게 일어나는군.'

같은 변화구라도 투수마다 변화가 일어나는 지점은 차이가 있다.

영웅의 스플리터는 홈 플레이트 앞 3~4m 부근에서 변화를 일으킨다.

반면 타자의 스윙이 변화구에 대처할 수 있는 건 홈 플레이트 앞 7m부근이다.

절대적인 기준은 아니다.

하지만 한 다큐멘터리 채널에서 일류 메이저리그 타자를 상대로 과학적인 측정을 한 결과다.

그러나 과학으로 측정이 안 되는 분야가 있다. 바로 감각적인 부분이다. 메이저리그 선수들은 수만, 수십만의 연습을 반복한다.

그 결과 과학으로는 설명이 되지 않는 감각을 손에 넣게 된다.

그 감각으로 변화가 늦은 공들도 때려낸다.

따악!

[쳤습니다!!]

이번에도 떨어지는 스플리터였다.

코너는 몸 쪽. 변화는 똑같이 홈 플레이트 앞 3~4m에서 일어났다.

그럼에도 산티아고는 쳐냈다. 지독하다는 표현이 어울리는 반복 훈련의 결과였다. 그리고 그 반복 훈련은 수비 쪽에서도 나타났다.

팟!

[유격수, 몸을 날립니다!]

공이 배트에 맞는 순간.

파렐은 이미 3루 방향으로 몸을 움직였다. 포수를 그라운드의 사령관이라 말하기도 한다. 그 이유는 내·외야수들을 지휘하기 때문이다.

단순히 투수와 사인을 주고받는 것만이 아니라 내·외야수들에게도 구종과 코스를 알려준다.

두 가지 정보를 얻게 된 수비수들은 어디로 타구가 올지 예측을 할 수 있다.

예를 들어 우타자에게 몸 쪽 공을 던지게 하면 열에 아홉은 당겨치는 타구가 나온다.

즉, 3루 방향으로 타구가 날아온다는 소리다.

'다리로는 잡을 수 없다.'

타구의 속도는 굉장히 빨랐다.

홈 플레이트 바로 앞에서 원 바운드가 되면서 속도는 더욱 가속이 됐다.

무엇보다 3루 베이스 쪽으로 흘러가는 중이었다.

그렇다고 3루수가 잡을 수도 없었다. 3루수가 잡을 수 있는 위치에서는 유격수 쪽에 더 가까웠기 때문이다.

까다로운 타구였다.

'날린다.'

파렐은 망설이지 않고 몸을 날렸다.

그라운드와 거의 얼굴이 닿을 정도로 낮게 날아가는 파렐의 시선은 타구에 고정이 되어 있었다.

'여기!'

그의 머릿속에는 타구가 날아오는 가상의 위치가 그려지고 있었다.

반복적인 훈련을 통해 일어나는 현상이었다. 파렐은 망설이지 않고 글러브를 있는 힘껏 뻗었다.

퍽!

정확히 포구가 됐다.

[잡았습니다!!]

하지만 아직 아웃은 아니다.

쿵!

"큭!"

그라운드에 몸이 떨어진 순간 숨이 턱 막혔다. 이를 악물고 반동으로 몸을 일으켜 그대로 1루를 향해 발을 내디뎠다.

"흡!"

숨을 들이켜며 모든 힘을 집중시켰다. 수비들의 송구는 투수의 피칭과는 전혀 다른 궤적을 그린다. 투수는 힘을 모으기 위해 릴리스 동작이 큰데, 야수의 경우에는 릴리스 동작이 매우 간결하게 나와야 된다.

지금의 파렐처럼 말이다.

쐐애애액!

총알처럼 날아간 송구가 정확히 1루수 미트를 겨냥했다.

산티아고 역시 전력질주를 했다.

자신의 타구가 내야를 벗어나지 못할 것임을 알고 있었다는 듯. 사력을 다한 질주 덕에 그의 발은 어느새 베이스 앞까지 도달해 있었다.

퍼퍽!

소리가 연달아 울려 퍼졌다. 공이 먼저인지 다리가 먼저인지.

화면으로 분간하기 어려울 정도로 동 타임이었다.

모든 사람의 시선이 1루심에게로 향했다. 자세를 낮추고 베이스를 지켜보고 있던 1루심이 주먹을 앞으로 뻗었다.

"아웃!"

[공이 먼저 도착했습니다! 다시 한번 슬로우비디오로 보시겠습니다.]

중계 화면이 바뀌었다. 영상은 산티아고가 1루에 도달하기 직전을 비추고 있었다.

산티아고의 발이 베이스 위를 밟으려는 순간.

화면이 정지했다.

[여기서부터 천천히 보시도록 하겠습니다.]

화면이 매우 천천히 재생됐다.

공이 미트에 들어가 모습을 감추는 것과 동시에 발이 베이스를 밟았다.

[산티아고 선수의 발이 베이스에 닿기 전에 이미 미트는 좁혀지고 있었습니다. 거의 동 타임이었는데 1루심이 정말 잘 봤네요.]

[베이스에 있는 심판들은 이런 상황을 판단할 때 눈은 베이스를 보고 귀로는 공이 글러브에 들어갈 때의 소리를 듣고 판단을 내립니다.]

[즉, 이번에는 포구하는 소리가 먼저 들렸다. 이 말씀이시군요?]

[정답입니다.]

영웅은 글러브를 들어 파렐을 가리켰다. 고맙다는 제스쳐였다.

파렐 역시 손을 들어 화답을 했다.

'믿음직스럽다니까.'

영웅의 무실점 피칭. 그것은 혼자의 힘으로 만들어진 게 아니었다. 에이스가 마운드에 오르는 날이면 수비들은 한결같이 집중력이 높아진다.

덕분에 영웅은 위기를 여러 번 넘어설 수 있었다.

지금도 마찬가지다. 선두 타자가 그것도 첫 타석에 출루를 하게 되면 골치 아파진다.

특히 산티아고는 주루 플레이가 무척이나 좋은 선수다.

신경이 갈 수밖에 없고 그렇게 되면 제구가 흔들릴 수 있다.

그걸 파렐이 막아준 것이다.

'보답을 해야겠지.'

[다음 타자가 타석에 들어섭니다.]

사인 교환을 끝낸 영웅이 와인드업을 했다.

'강하게!'

쐐애애액!

임팩트 순간, 검지와 중지에 힘을 주어 있는 힘껏 실밥을 챘다. 그 동작은 맹렬한 회전을 만들어냈다.

굉장한 속도로 존의 바깥쪽 높은 코스를 노리며 날아갔다.

뻐억!

타자의 배트는 나오지 못했다. 그만큼 절묘하고 빠른 공이었기 때문이다.

"스트라이크!!"

[구심의 손이 올라갑니다! 두 번째 타자를 상대로 던진 초구는 98마일의 빠른 공이었습니다!]

"후우!"

공을 돌려받은 영웅이 깊게 한숨을 쉬었다.

'위쪽으로도 폭이 널널하다.'

오늘 존이 어느 정도 형성이 되고 있었다. 그건 페르나 역시 마찬가지였다.

'바깥쪽 슬라이더.'

사인을 받은 영웅이 고개를 끄덕였다. 그 역시 이쯤에서 유인구를 하나 던지고 싶었다. 정확히 자신의 마음을 꿰뚫는 페르나의 사인에 미소가 절로 지어졌다.

"후우!"

다시 한번 숨을 몰아쉬었다. 그리고 호흡을 멈췄다. 동시에 다리를 차올리면서 허리를 비틀었다. 뒤이어 상체가 돌아가면서 그의 등번호가 페르나의 눈에 들어왔다.

'언제 봐도 와일드하다.'

와일드하면서도 섬세했다. 포수인 자신에게조차 공의 위치를 숨기고 있었다. 릴리스 동작에서도 공은 보이지 않는다. 빠르게 회전을 하면서 릴리스가 이루어지기 때문이다.

공이 모습을 드러내는 건 팔로우 스로가 끝나고 마지막 임팩트 순간에 나타난다. 그때까지 왼팔과 글러브로 자신의 가슴과 공이 보이는 위치를 가리고 있기 때문이다.

이를 디셉션이라 한다.

영웅의 디셉션은 이미 메이저리그에서도 정평이 나 있는 상황이었다.

임팩트를 위해 가슴을 내미는 순간. 공이 모습을 드러낸다. 타자의 입장에서는 갑자기 나타나는 공이었다.

쐐애애애액!

'큭!'

배트가 따라가긴 했지만 마지막 순간 공이 밖으로 도망쳤다. 고속 슬라이더. 맞히기에는 무리였다.

빽!

"스트라이크!! 투!"

[고속 슬라이더로 투 스트라이크를 잡아냅니다!]

[초구와 비슷한 위치로 들어가면서 마지막에 휘어 나갔습니다. 배트가 따라올 수밖에 없었죠. 존을 정말 잘 이용하는 강영웅 선수입니다.]

'자, 마지막은 어떻게 요리할까?'

페르나의 머리가 바쁘게 돌아갔다. 그리고 한 가지 결과를 떠올렸다.

'몸 쪽.'

사인을 확인한 영웅은 고개를 끄덕였다. 몸 쪽으로 한 번쯤 던져도 나쁘지 않다. 하지만 사인은 계속 이어졌다.

'그렇게 가자는 거군.'

영웅의 미소가 짙어졌다. 와인드업을 한 영웅은 망설이지 않고 3구를 던졌다.

[제3구 던집니다!]

쐐애애애액!

공이 몸 쪽을 파고들었다.

'깊다. 스트라이크가 아니야.'

산티아고를 통해 오늘 구심의 존을 어느 정도 예상했다. 그렇기에 이 공이 구심의 존에 들어오지 않는다는 걸 알고 있었다.

'테일링으로 꺾어 들어온다 해도 마찬가지다.'

예상대로였다. 공은 마지막 순간 변화를 일으키며 존의 중심 부근으로 작게 이동했다.

하지만 여전히 가상의 존 바깥이었다.

뻐억-!

공이 미트에 꽂히는 소리가 들렸다. 타석에서 물러나 다시 재정비를 갖추려는 그 순간.

"스트라이크!! 배터 아웃!"

"뭐?!"

고개를 돌린 타자의 눈에 페르나의 미트가 들어왔다. 자신이 확인한 위치보다 조금 더 중심에 가까운 위치였다.

'프레이밍……!'

타자의 얼굴이 일그러졌다.

[허탈한 표정으로 구심을 바라보지만 판정은 바뀌지 않습니다!]

[다소 깊다고 판단을 내린 것 같습니다. 하지만 구심은 스트라이크 콜을 내렸어요.]

[어떻게 된 건지 다시 한번 보시죠.]

슬로우 화면이 나왔다.

공이 홈 플레이트 위를 지나는 순간은 확실히 존을 벗어나 있었다.

[아, 여기 보시죠. 페르나 선수가 상체를 일으키면서 구심의 시야를 방해했습니다. 그리고 공을 포구하는 동시에 미트를 움직여 포구 위치를 존안으로 집어넣은 겁니다.]

[프레이밍이군요?]

[그렇습니다. 그것도 매우 중요한 순간에 나온 프레이밍입

니다. 이야-! 페르나 선수 정말 대단한 기술을 보여줍니다.]

이번 아웃 카운트는 페르나가 잡았다.

그렇게 평가할 수 있을 정도로 그의 기술은 매우 뛰어났다. 영웅도 그것을 알기에 페르나를 향해 고맙다는 제스쳐를 보냈다.

'별거 아니다.'

화답을 하는 페르나의 입가에 미소가 그려졌다.

포수로서 페르나는 메이저리그 최고의 포수라고 단언 할 수는 없다.

그게 세간의 평가였다.

하지만 그와 호흡을 맞추는 영웅은 그런 평가에 동의하지 않았다.

'그는 완벽한 파트너야.'

메이저리그 진출 4년 차.

줄곧 호흡을 맞춰온 완벽한 파트너 덕분에 영웅의 마음은 언제나처럼 평온했다.

9장
주전들의 부상

　영웅은 굳건했다. 마운드 위에서 그는 절대 강자였다. 그의 강속구는 타자들의 배트를 번번이 헛돌게 만들었다. 칼날같이 꺾이는 변화구들은 타자들의 머리를 복잡하게 만들었다.

　또한 수비들의 집중력은 그 어느 때보다 높았다. 자신들이 잘하면 분명 영웅이 팀에 승리를 안겨줄 것이다. 그런 믿음이 있기에 수비에만 전념할 수 있었다.

　또 하나의 이유가 있었다. 바로 영웅의 투구 템포였다.

　뻐억!

　"스트라이크!!"

　[3회, 첫 번째 공으로 투심 패스트볼을 택합니다.]

　[아주 좋은 무브먼트였습니다.]

　[페르나 선수의 사인에 바로 고개를 끄덕이네요.]

　영웅은 페르나의 사인을 거절하는 일이 거의 없었다.

말인즉슨 영웅이 다음 공을 던지는 데 들어가는 시간이 매우 적다는 것이었다. 간혹 마운드에서 공을 던지는 데 오랜 시간이 걸리는 투수들이 있다.

이럴 경우 경기의 흐름이 끊어진다. 그래서 코치들이 투수에게 빠른 템포로 공을 던지라는 주문을 많이 한다.

하지만 많은 투수가 그러지 못한다. 자신의 공을 의심하기 때문이다. 이걸 던지면 맞지 않을까? 저걸 던지면 맞지 않을까?

의심을 하기 때문에 자꾸 사인이 길어지고 템포도 늘어질 수밖에 없었다.

그러나 영웅은 그런 것이 없었다.

"너의 공을 믿어라. 그게 투수가 해야 할 첫 번째 일이다."

잭의 조언을 되새기며 영웅은 와인드업을 했다.

"흡!"

숨을 멈춘 순간 비틀림을 풀면서 공을 뿌렸다.

쐐애애액!

딱!

구종은 슬라이더. 손에서 일찍 빠졌는지 변화가 밋밋했다.

타자는 그걸 놓치지 않았다. 있는 힘껏 스윙을 했고 배트에 정확히 맞췄다.

[맞았습니다! 타구 좋은 방향으로 날아갑니다!]

영웅이 고개를 돌렸을 때.

타구의 방향이 보였다.

'좌중간!'

정말 좋은 위치였다. 떨어지면 2루타가 될 가능성이 높았다.

'제길! 설마 손에서 빠지다니.'

실투였다. 어떤 투수라도 실투는 던질 수 있다. 문제는 그걸 맞았다는 것이다.

그때 좌익수 로건이 눈에 들어왔다. 빠르게 전진하면서 타이밍에 맞춰 몸을 날렸다. 마치 슈퍼맨이 된 것처럼 말이다.

퍽!

타구가 글러브에 빨려 들어가듯 들어갔다.

쿵!

직후 로건의 몸이 그라운드에 떨어졌다.

하지만 왼손은 높게 치켜들어 공이 떨어지지 않았음을 확인시켜 주었다.

"우와아아아아!!"

관중석에서 일제히 탄성이 터져 나왔다.

[슈퍼맨 캐치로 장타성 타구를 지우는 로건 선수입니다!!]

[이야-! 정말 멋진 캐치였습니다. 완벽한 타이밍에 몸을 날려 타구를 낚아챘어요!!]

[마운드의 강영웅 선수도 로건 선수를 향해 감사의 표시를 합니다!]

[1회도 그렇지만 오늘 인디언스 수비진의 집중력이 매우 높습니다! 에이스의 어깨를 한결 가볍게 만들어주고 있어요!]

파렐, 페르나, 그리고 로건까지. 영웅의 어깨를 가볍게 해주는 파인플레이를 연달아 펼쳐 주는 동료들이었다.

'이럴 때 화답을 해줘야지.'

위기를 넘긴 영웅이 다시 마운드에 섰다.

"후우……."

크게 숨을 몰아쉰 영웅이 와인드업을 했다.

그의 집중력은 극도로 높아졌다. 동료들의 호수비 덕분이었다. 집중력의 상승은 곧 공의 구질이 달라지는 것으로 나타났다.

뻐억!

"스트라이크!!"

[97마일의 빠른 공이 미트에 꽂힙니다!]

[이번 공은 무척이나 날카로웠어요. 방금 전 좋은 타구를 맞았을 때는 실투성이었는데 말이죠.]

부앙!

뻑!

"스트라이크! 투!"

[헛스윙합니다! 브레이킹볼로 보였는데요?]

[종 슬라이더로 파악이 됩니다. 강영웅 선수의 파워 커브는 조금 더 수직으로 떨어지는 느낌이니까요.]

쐐애액!

뻑!

"스트라이크! 배터 아웃!"

[헛스윙 삼진! 하이 패스트볼에 배트 딸려 나옵니다!]

[이야-! 정말 멋진 공이었습니다. 구속도 99마일이 찍힐

정도로 제대로 긁힌 공이었어요.]

실투는 없었다. 집중력이 높아지면서 그의 구질은 한층 더 날카로워졌다. 제구력, 구위 모든 것이 완벽했다.

그런 영웅에게 안타를 뺏어내는 건 어려웠다.

딱!

[타구 높게 뜹니다! 3루수 파울 라인에서 안정적으로 공을 잡아냅니다! 쓰리 아웃! 공수 교대됩니다!]

스코어 0 대 0.

3회가 끝난 시점에서 두 투수는 완벽한 피칭을 이어갔다.

그리고 4회.

전문가들은 투수가 가장 조심해야 되는 순간을 타자일순 이 된 이후로 본다. 타자들이 공에 어느 정도 적응을 하기 때문이다.

하지만 영웅은 4회에도 무실점으로 이닝을 넘겼다. 한 번 높아진 집중력이 깨지지 않은 덕분이다.

그러나 다른 한 명의 투수는 그러지 못했다.

딱!

[한가운데로 들어오는 공을 그대로 받아칩니다! 좌익수가 쫓아갔지만 끝내 닿지 못합니다! 안타입니다! 장타 코스! 파렐 선수 1루를 돌아 2루까지 내달립니다!]

파렐도 집중력을 놓지 않았다.

인디언스와 달리 디트로이트의 외야진은 그 타구를 잡아 주지 못했다.

투수의 입장에선 힘이 빠지는 상황이었다.

한참 전의 상황이라면 모를까 고작 몇 분 전의 일이었으니 말이다.

　　'후우! 침착하자.'

　　그러나 흔들림을 다잡으려 노력했다. 그 역시 메이저리그의 투수였으니 이 정도 멘탈 관리는 가능했다.

　　문제는 그로 인해 딜레이 되는 시간이었다. 흔들리는 마음을 다잡으려 시간을 보내다 보니 이번에는 수비진들에게 빈틈이 생겼다.

　　'나라면 잡을 수 있지 않았을까?'

　　'저 정도는 잡았어야지.'

　　'아~ 방금 전 공은 잡을 수 있었는데…….'

　　파인플레이를 성공시키지 못한 선수는 물론이거니와 그 모습을 지켜보던 동료 수비진의 마음에 빈틈이 생겼다.

　　다른 생각을 하니 집중력이 떨어졌다. 메이저리그 로스터에 드는 선수들의 경우 평균적으로 실력이 비슷하다.

　　격차가 아예 없는 건 아니지만 적다.

　　그럼 성적이 다른 이유는 뭘까?

　　부상도 있지만 가장 큰 부분은 역시 멘탈이다. 정신력이 약하면 경기에 집중을 할 수 없다. 멘탈이 강하다는 건 여러 의미가 있지만 그중에 하나가 바로 집중력을 이야기한다.

　　템포가 길어지니 수비들의 집중력이 깨졌다.

　　'분위기가 붕 떴다.'

　　페르나는 수비들의 움직임을 보면서 그 사실을 깨달았다.

　　포수다 보니 시야가 넓다. 또한 경력이 쌓여 타석에 들어서도 긴장을 하지 않았다. 그런 이유가 모여 페르나는 수비들의 심리를 정확히 읽을 수 있었다.

'가장 집중을 하지 못하는 곳이…….'

3유간이었다.

정확히 이야기하면 3루수의 행동이 다소 산만했다. 글러브를 주먹으로 때리는가 하면 모자를 고쳐 쓰기도 했다. 여러 번 반복되는 동작으로 그의 심리를 읽을 수 있었다.

'좋았어.'

목표를 정했다.

그사이 정신력을 집중시킨 투수가 공을 던졌다.

뻑!

"볼!"

뻑!

"볼!"

[연속해서 볼이 들어옵니다! 투 볼로 유리한 카운트를 잡아내는 페르나 선수!]

템포를 길게 가져가면서 멘탈을 다잡으려 했던 투수다.

하지만 좀처럼 그러지 못하는 듯했다. 거기에 볼카운트까지 몰리면서 더욱 긴장한 표정으로 바뀌었다.

'이번에는 분명 스트라이크를 던지겠지.'

배터리의 사인 교환이 길어지고 있었다. 만약 자신이 리드를 한다면 절대 허용하지 않을 것이다. 1루가 비어 있으니 승부를 어렵게 가야 했다.

하지만 타이거즈의 포수는 이제 3년 차다.

즉, 경험이 많지 않다는 의미다. 자신 역시 3년 차 때는 공격적으로 나갔을 거다.

사인 교환이 끝난 투수가 와인드업에 들어갔다.

집중해야 될 때였다.

"후우!"

크게 한숨을 내쉬고 박자를 맞췄다.

"차앗!!"

기합 소리가 타석까지 들렸다. 전력을 다한다는 게 느껴졌다.

'하지만.'

이미 읽었다. 상대의 의도를 말이다. 페르나는 일말의 망설임 없이 배트를 돌렸다.

부앙-!

공을 쪼개 버리겠다는 듯 굉장한 힘이 담겨 있었다. 배트와 공의 궤적이 하나가 되는 순간.

따악!

강한 힘에 공은 날아오던 방향의 반대편으로 방향을 바꾸었다.

방향은 페르나가 노리던 3루 베이스였다.

3루수가 급하게 몸을 날렸다.

하지만 늦었다. 경기에 집중하지 못하던 3루수의 반응은 느릴 수밖에 없었다.

한 끗.

정말 미세한 차이로 글러브는 타구에 닿지 못했다.

[빠졌습니다!!]

라인을 타고 흐르던 타구가 곧 파울 라인 밖으로 나가면서 장타 코스로 이어졌다.

[파렐 선수 3루를 돌아 여유롭게 홈으로 들어옵니다! 선취점을 올리는 인디언스! 페르나 선수도 2루 베이스까지 들어갑니다!]

[노림수가 정확히 들어맞았습니다. 페르나 선수의 스윙에는 망설임이 없었어요.]

[기회가 계속 이어집니다! 타석에 박형수 선수가 들어섭니다.]

배트를 휘두르는 박형수의 기세는 위압적이었다.

더 점수를 내야 되는 상황이라는 걸 잘 알기에 그의 집중력은 그 어느 때보다 높았다.

투수 역시 조심스러울 수밖에 없었다. 박형수가 노리고 있다는 걸 알기 때문이다.

퍽!

"볼!"

딱!

"파울!"

[잘 맞은 디구기 피울이 됩니다!]

[아쉽네요. 너무 빨리 당기는 바람에 파울이 되고 말았습니다.]

[하지만 타이밍은 좋지 않았나요?]

[예, 아주 좋았습니다.]

투수가 3구를 던졌다.

박형수는 2구를 때릴 때 너무 빨리 당겼기 때문에 이번에는 조금 힘을 빼고 컨택에 집중했다.

반대로 투수는 어떻게든 헛스윙을 만들어내기 위해 전력을 다해 공을 던졌다. 너무 힘을 준 탓인지 제구는 이전보다 떨어졌다.

하지만 구속과 구위는 더 강해졌다.

따악!

[때렸습니다!]

타구가 순식간에 유격수 키를 넘겼다.

멀리 날아가진 않았다. 힘을 뺀 탓이다.

그러나 코스가 좋았다. 좌중간에 떨어진 타구를 확인한 페르나가 질주를 시작했다.

"달려!"

3루 주루 코치 역시 팔을 빠르게 돌렸다. 타구가 빠진다고 판단한 것이다.

그러나 타이거즈의 좌익수가 아슬아슬하게 공을 낚아챘다.

[페르나 선수 멈추지 않고 홈을 노립니다!]

좌익수가 다이렉트로 홈을 노렸다.

사람과 공.

누가 먼저 도착할 것인지 사람들의 이목이 집중됐다.

더그아웃에서 지켜보던 영웅도 난간에 매달려 그라운드를 주시했다. 홈 플레이트에 접근한 페르나는 대기 타자가 손을 내리는 모습에 몸을 날렸다.

슬라이딩을 하라는 신호였다.

촤아아앗!

그라운드의 모래가 허공에 흩뿌려졌다. 공이 그 모래를 뚫고 정확히 포수의 미트에 꽂혔다.

퍽!

뒤이어 몸을 비튼 포수가 홈 플레이트를 터치하려는 페르나의 어깨를 때렸다.

뻑!

묵직한 소리가 그라운드에 울려 퍼졌다. 사람들의 시선이 구심에게로 향했다.

잠깐의 망설임.

하지만 곧 구심은 양손을 좌우로 펼쳤다.

"세이프!!"

[세이프입니다! 공격적인 주루 플레이로 득점을 올리는 페르나 선수!!]

중계 카메라가 페르나를 잡았다.

그런데 그라운드에 누워 있는 페르나가 좀처럼 일어나지 못했다.

그것만이 아니었다. 자신의 어깨를 부여잡고 있는 모습이 심상치 않았다.

[아ㅡ! 페르나 선수 일어나지 못하고 고통스러워합니다!]

[부상인가요? 부상이면 무척 심각한 상황입니다. 페르나 선수는 팀의 안방을 책임지는 포수예요. 또한 타선에서 가장

좋은 모습을 보여주는 타자 중 한 명입니다.]

곧 그라운드로 감독과 코치, 그리고 트레이너들이 올라 갔다.

페르나는 한참 동안이나 일어나지 못했다. 다시 몸을 일으 켰을 때 그는 트레이너의 부축을 받은 뒤였다.

[페르나 선수, 결국 부축을 받고 더그아웃으로 돌아갑 니다.]

이날.
페르나는 다시 그라운드로 돌아오지 못했다.

[클리블랜드 인디언스의 주전 포수 페르나 선수가 상완골 골절 부 상을 당했다. 치료 기간은 약 3개월이 걸리며 복귀까지는 더 긴 시간 이 필요할 것으로 보인다.

어제 디트로이트 타이거즈와의……]

페르나가 로스터에서 사라졌다.
메이저리그 데뷔 이후 항상 같이 호흡을 맞추었던 페르나 가 한동안 볼 수 없게 된 것이다..

다음 날.
영웅은 직접 병실을 찾았다.
인디언스는 클리블랜드의 한 병원과 계약을 맺고 선수들 을 특별 관리 하고 있었다.

넓은 특실에 홀로 누워 있던 페르나가 영웅을 반겼다.

"왔냐?"

"좀 어때?"

"많이 괜찮아졌다."

애써 웃어 보이지만 표정은 밝지 못했다.

이번 시즌은 페르나에게 무척이나 중요했다.

풀 시즌을 치른다면 FA가 가능한 해였다.

그런데 부상을 입으면서 로스터에서 소멸, FA를 채우지 못하게 됐다. 절정의 기량을 발휘하고 있는 페르나의 입장에 선 무척이나 아쉬웠다.

또 하나.

그동안 페르나의 이미지는 건강 그 자체였다. 부상 위험이 많은 포수라는 포지션을 맡고 있음에도 불구하고 페르나는 로스터에서 빠진 적이 없다.

즉, 부상이 없었단 소리다.

하지만 이번 부상으로 그런 이미지가 사라졌다. 이는 FA 에서 나쁘게 작용할 가능성이 컸다.

특히 어깨 부상은 송구 능력에 마이너스가 될 수 있기 때문에 FA 계약에서 마이너스가 될 수 있었다.

물론 그런 일은 발생하지 않을 수도 있다. 현 네이서리그 에는 특급 포수의 존재는 귀하기 때문이다.

그러나 인생에 한 번 오는 기회다. 당사자가 된다면 온갖 상상과 안 좋은 생각을 하게 된다.

주변에서 괜찮다고 말해주어도 말이다.

몸이라도 움직일 수 있다면 운동을 해서 떨쳐 낼 수 있다.

그럴 수도 없는 상황에 페르나의 표정이 밝을 순 없었다.

"그럼 이만 가 볼게."

"그래, 너도 몸조심하고. 자주 놀러 와라."

"응."

2시간여의 병문안을 끝낸 영웅이 병실을 나섰다.

병원을 나서는 그의 표정은 무거웠다.

'부상이라니……'

생각지도 못했던 일이다.

언제나 함께 했던 페르나이기에 올해 역시 같이 완주할 거라 생각했다.

한데 빈자리가 생겼다.

묘하게 가슴 한편에 공허감이 들었다.

'금방 돌아오겠지.'

영웅은 애써 좋은 쪽으로 생각하며 병원을 떠났다.

그에게는 아직 시즌이 많이 남아 있었다.

10장
코리언 배터리

인디언스의 로스터에는 총 3명의 포수가 있었다.

주전은 페르나였다.

부상으로 그가 빠지면서 두 명의 후보군이 생겼다.

많은 사람이 서른 살의 메이슨이 마스크를 쓸 것으로 예상했다.

실제로 페르나가 쉬는 날은 메이슨이 나오는 경우가 많았기 때문이다.

또 하나.

남은 한 명의 포수가 39살의 노장이란 점도 마이너스 요소였다.

노장 포수 도널드는 메이저리그 풀타임을 채운 적이 없다. 마이너와 메이저를 오가는 삶을 보냈다.

경험만은 풍부했지만 역시나 체력적인 문제가 걸렸다.

나이가 들면서 타격의 정확도와 파워가 떨어진 것 역시 그를 믿고 고용할 수 없는 이유였다.

　백업으로는 오히려 메이슨보다 안정적이었다.

　긴 세월 마이너와 메이저를 오가면서 다양한 투수를 만나고 경험했다. 그러다 보니 투수 리드에 있어서는 매우 안정적이란 평가를 받았다.

　수비 능력에서도 송구를 제외하고는 메이슨보다 낫다는 평가였다.

　그러나 여러 요인으로 메이슨이 유력 후보였다.

　하지만 레온 감독은 급하게 생각하지 않았다.

　'경기차에 여유가 있다. 두 선수를 번갈아 가면서 비교해도 늦지 않다.'

　전반기에 벌려놓은 경기차가 있었다.

　2위인 타이거즈와 5게임차가 되었다는 것 역시 여유로울 수 있는 이유였다.

　'만약 두 녀석 다 안 된다면…….'

　레온 감독의 시선이 로스터로 향했다.

　남은 마지막 한 장의 카드.

　만에 하나를 위해 레온은 그것까지 손에 쥐고 있었다.

　[페르나 선수의 빈자리를 메이슨 선수가 대신 올라왔습니다.]

[메이슨 선수는 서른 살의 비교적 젊은 나이로 메이저리그 경험도 꽤 있습니다. 하지만 포수로서의 능력이 다소 떨어지는 약점이 있죠.]

[사실 한국에서는 박형수 선수가 마스크를 쓰는 게 아니냐? 라는 의견도 있었는데요.]

[그랬으면 좋을 뻔했습니다만 아무래도 감독의 입장에선 나름 검증이 된 두 선수를 기용하는 게 마음이 놓이겠죠.]

메이슨은 자신의 장점인 타격 능력에서 확실한 눈도장을 찍었다.

딱!

[쳤습니다! 1, 2루 간을 가르는 안타입니다! 1루 주자 3루까지 내달립니다! 오늘 경기 멀티히트를 기록하는 메이슨 선수입니다.]

다음 날 경기에서도 메이슨이 선발로 나섰다. 타격감이 좋은 선수를 바로 바꾸는 건 좋지 않았기 때문이다.

따악!

[잘 맞았습니다! 멀리 날아가는 타구! 그대로 담장을 때립니다! 장타 코스! 올 시즌 첫 번째 장타를 기록하는 메이슨 선수!]

장타까지 때려내자 레온 감독의 마음이 조금 메이슨에게 기울었다.

언론에서도 메이슨이 페르나의 빈자리를 채워야 한다는 의견을 냈다.

점점 메이슨의 입지가 굳건해지고 있을 때.

영웅이 선발로 경기에 나서게 됐다.

[뉴욕 양키스와의 시리즈 첫 번째 경기에서 강영웅 선수가 선발로 나섭니다. 파트너는 메이슨 선수와 함께 하게 됐네요. 메이저리그 진출 이후 첫 번째 호흡을 맞추는 두 선수입니다.]

[메이슨 선수가 잘 리드를 해주어야 될 텐데 말이죠.]

마운드에 선 영웅은 가볍게 공을 던졌다.

빡!

뻑!

공이 미트에 꽂힐 때마다 다소 둔탁한 소리가 났다.

'소리가 영 별론데.'

투수는 민감하다. 포구를 할 때 들리는 소리 하나에도 반응을 할 정도다.

그동안 파트너를 맞춰 오던 페르나는 공을 잡을 때 웬만해서는 프레이밍을 하지 않는다.

프레이밍은 분명 포수가 갖추어야 할 능력 중 하나지만 과하면 좋지 않다.

그런데 메이슨은 연습 투구에서도 프레이밍을 조금씩 하고 있었다.

포구를 하는 순간 미트를 움직이게 되면 아무래도 소리가 경쾌하게 들리지 않는다.

좋은 소리가 나기 위해서는 미트의 볼집으로 공을 포구해야 된다. 하지만 프레이밍을 하게 되면 아무래도 볼집이 아닌 웹이나 다른 부분으로 포구를 하게 된다.

이렇게 되면 둔탁한 소리가 들린다.

투수의 입장에서는 평소와 다른 소리가 들리기 때문에 자신의 상태가 이상한 게 아닌가? 하는 의심을 가지게 된다.

영웅은 애써 고개를 저어 불필요한 생각을 떨쳐 냈다.

'아직 호흡이 잘 맞지 않는 거겠지.'

불안함을 가진 채 연습 투구가 끝났다.

[강영웅 선수, 초구 던집니다.]

"후우!"

크게 한숨을 내쉰 영웅이 공을 뿌렸다.

뻐억!

"볼!"

[초구 볼입니다.]

볼로 시작이 됐다.

썩 기분 좋은 출발은 아니었다.

하지만 공 하나하나에 연연할 영웅이 아니다. 그는 연달아 공을 던지면서 자신의 볼카운트를 잡아갔다.

뻑!

"스트라이크!"

부앙!

"스트라이크! 투!"

[헛스윙으로 스트라이크를 잡습니다! 유리한 카운트를 잡아내는 강영웅 선수!]

원 볼 투 스트라이크.

'바로 승부를…….'

평소 영웅은 공격적인 피칭을 한다. 페르나 역시 그것을 알기에 유인구나 피하는 공이 아닌 정면 승부를 택한다.

그러나 메이슨은 다른 선택을 했다.

'슬라이더, 바깥쪽으로.'

유인구가 아닌 빼는 공이었다.

나쁘지 않은 선택이다.

앞서 던진 공이 바깥쪽 스플리터였다. 이번에도 바깥쪽을 택하면 배트가 나올 가능성도 있었다.

하지만 영웅의 스타일은 아니었다.

'흠.'

잠시 고민하던 영웅은 고개를 저었다.

메이슨보다 자신이 메이저리그에서의 경험이 더 많다. 이런 순간에는 빼는 공보다는 정면 승부를 택하는 게 더 좋은 결과를 낳았다.

메이슨 역시 영웅을 거스를 생각은 없었다.

상대는 팀의 에이스고 자신은 백업 포수라는 신분을 잘 알고 있었다.

그렇다고 해도 영웅의 마음에 맞는 사인을 바로 낼 수 없었다. 두 번이나 더 고개를 저은 뒤에야 겨우 영웅이 고개를 끄덕였다.

[사인 교환이 조금 길었습니다.]

[평소와는 조금 다른 모습이네요.]

보는 이들조차 눈치를 챌 수 있었다.

평소와 다르다는 걸 말이다.

뻐억!

"스트라이크! 배터 아웃!"

하지만 영웅의 공은 평소처럼 강력했다.

[첫 타자 삼진으로 잡아내는 강영웅 선수입니다!]

6이닝 10탈삼진 1실점 1볼넷.

메이슨과 첫 호흡을 맞춘 영웅의 성적이었다.

올 시즌 두 번째 6이닝 피칭이었다.

첫 번째는 팀이 대승을 거두고 있을 때 체력 보존 차원에서 레온 감독이 그를 강판시켰었다.

이번에는 달랐다.

영웅의 투구 수가 급격히 많아지면서 6회가 끝난 뒤 투수 교체를 해야 했다.

'오늘 피칭 내용이 영 별로였어.'

벤치로 돌아온 영웅은 자신의 피칭 내용을 복기했다.

다시 확인하니 쓸데없는 공이 많았다. 정면 승부를 주로 했던 영웅이지만 메이슨은 꾸준히 유인구를 택했다.

고개를 젓는 것도 한두 번이지 매번 저을 수도 없었다.

'알아서 맞춰주면 좋았을 텐데.'

아쉬웠다.

호흡을 맞추던 포수의 부재가 이리 크게 느껴질지는 몰랐다.

'게다가 점수도 밀리고 있다.'

영웅이 1실점을 했지만 인디언스는 점수를 내지 못했다. 이대로라면 패배 투수가 될 가능성이 높았다.

만약 그렇게 되면 연승 기록이 깨지게 된다.

"후우……."

답답함에 한숨이 절로 나왔다.

마운드에서 자신이 해결하지 못하고 내려온 이 상황이 마음에 들지 않았다.

그때였다.

따악!

"와아아아!"

경쾌한 소리의 뒤를 이어 그라운드가 소란스러워졌다.

고개를 들자 1루 베이스를 돌고 있는 메이슨의 모습이 보였다.

매우 천천히 베이스를 도는 모습에 영웅의 시선이 외야로 향했다.

고개를 떨어뜨리고 있는 좌익수의 모습이 보였다.

'넘어갔어?'

마지막으로 전광판을 확인했다.

0이란 점수가 사라지고 1이란 숫자가 새겨지고 있었다.

[동점 홈런을 터뜨리는 메이슨 선수입니다!]

3경기 연속 안타.

2경기 연속 장타에 시즌 첫 번째 홈런을 기록한 메이슨이었다.

영웅의 마음은 복잡했다.

마음에 들지 않은 리드를 한 메이슨이지만 자신의 연승 기록을 지켜주었기 때문이다.

이날 영웅의 기록은 깨지지 않았다.

하지만 인디언스도 승리하지 못했다.

9회, 막강 클로저인 잭슨이 시즌 첫 블론세이브를 기록하면서 팀이 패배를 하고 말았다.

메이슨의 활약은 계속됐다.

매 경기 안타를 때려내면서 물오른 타격감을 자랑했다.

간혹 이런 일이 있었다.

그간 조용했던 선수가 어느 날 갑자기 타격이 터지는 경우가 말이다.

레온 감독의 고민이 깊어졌다.

메이슨의 타격감은 살아났지만 팀의 패배는 많아졌기 때문이다.

'투수 리드가 아직 어설프다.'

메이슨의 나이 서른.

하지만 메이저리그에서 뛴 경기 수는 고작해야 150경기에 불과했다.

마이너리그에서는 더 많은 경기를 뛰었지만 경험치는 높지 않았다.

이유는 마이너와 메이저의 수준 차이였다.

메이슨은 마이너리그에서 하듯이 투수를 리드하고 있었다.

문제는 메이저리그에서는 그 리드가 통하지 않는단 것이었다.

실제로 메이슨이 마스크를 쓸 때 투수들의 전체적인 투구수가 늘어나는 현상이 나타났다.

이는 유인구를 너무 자주 쓰기 때문이다.

'그렇다고 내리기에도 애매하다.'

타격감이 너무 좋았다.

현재 전체적으로 타격감이 죽은 인디언스의 타선에서 군계일학이라 할 수 있었다.

'흠…….'

레온 감독은 스케줄 표를 확인했다.

앞으로 2경기를 치르고 하루 휴식을 한다. 그리고 홈으로 돌아가 로열스를 맞이하게 된다.

그날 경기에서 선발로 영웅이 등판이 예정되어 있었다.

'이날 한 번 변경한다.'

레온 감독은 원래 계획대로 도널드도 기용하기로 결정했다.

페르나의 이탈 이후 두 번째 등판.

영웅은 이틀 전에 도널드가 같이 호흡을 맞출 거란 이야기를 들었다.

'너무 자주 바뀌는데.'

투수의 입장에서 썩 좋은 상황이 아니었다. 포수에게도 성향이란 것이 존재하기 때문이다. 바뀔 때마다 거기에 적응을 해야 되니 여간 신경 쓰이는 게 아니었다.

'메이슨과는 호흡이 잘 맞지 않았다.'

누가 정답이라고 할 순 없다. 스타일의 차이였으니 말이다.

한 가지 확실한 건 영웅의 입장에선 껄끄러운 파트너였다.

'도널드는 어떤 타입이지?'

그 궁금증을 푸는 데 오래 걸리지 않았다.

경기 하루 전.

영웅은 불펜에 섰다. 컨디션을 체크하기 위해서다.

"내가 받아줘도 될까?"

"도널드?"

도널드의 예상치 못한 제안에 영웅은 다소 놀랐다.

"내일 호흡을 맞출 예정이니 미리 자네의 공을 받아보는 게 많은 도움이 될 거 같아서 말이지. 물론 자네의 연습을 방해할 생각은 없네. 거절해도 상관없어."

정중한 제안에 거절하기도 뭐했다.

결국 도널드가 장비를 착용하고 맞은편에 앉았다.

'풀장비네.'

원래 불펜에서의 피칭은 풀장비를 착용하는 일이 잘 없다.

전력으로 공을 던지는 일이 없기 때문이다.

그럼에도 풀장비를 착용한 건 도널드 나름의 의지를 표명

한 것이다.

영웅도 그 마음을 알기에 진지하게 투구에 임했다.

"후우……."

전력투구는 아니다. 컨디션을 체크하는 게 그의 목적이었으니 말이다.

하지만 마음가짐만큼은 실전과 다름이 없었다.

'과연 당신은 어떤 타입의 포수지?'

와인드업을 한 영웅이 도널드를 향해 공을 뿌렸다.

퍼엉-!

경쾌한 소리에 답답했던 가슴이 뚫렸다.

"나이스! 공이 아주 좋은데?"

도널드가 공을 던지면서 코멘트를 해주었다.

메이슨에게는 거의 없던 모습이었다.

'그럼 이건.'

패스트볼을 연달아 던지던 영웅이 변화구를 던졌다.

종으로 떨어지는 슬라이더였다.

변화가 큰 공이었지만 도널드는 무게중심을 낮추면서 공을 잘 잡아냈다.

퍽!

"각도가 아주 좋았어."

도널드에게 공을 던지는 건 매우 즐거웠다.

받을 때마다 코멘트를 해주니 흥도 났다.

투수도 사람이다.

자신의 공에 의심이 들 때도 있고 믿음을 가지지 못할 때도 있다.

그럴 때 잡아주는 게 바로 포수가 할 일이다.

단순히 공을 받아주는 역할만 했다면 포수를 그라운드의 사령관, 안방마님이란 호칭으로 부르지 않았을 것이다.

좋은 포수는 실전만이 아니라 연습도중에도 투수에게 신용을 쌓아야 했다.

이런 작은 부분이 쌓여 결국에는 크게 변하는 거였다.

도널드는 딱 그런 타입이었다.

문제는 너무 신중하다는 것이었다.

공을 받아줄 때는 그러려니 했지만 불펜에서 나온 뒤에도 계속 붙어 다녔다.

단순히 같이 다니는 것이 아니라 이것저것 질문을 던졌다.

"평소 공격적인 피칭을 하던데. 나도 그렇게 해주면 될까?"

"투 아웃에 1루가 비어 있을 때도 정면 승부를 할 건가?"

신중한 건 나쁘지 않다.

하지만 너무 많은 질문을 쏟아내자 영웅의 입장에선 귀찮게 느껴졌다.

자신의 연습 시간을 뺏기는 기분이었다.

사실 도널드는 나쁜 생각으로 이런 질문들을 하는 게 아니었다.

올 시즌 첫 선발 출장이었다. 어떻게든 좋은 모습을 보여주어야 했다. 나이를 생각하면 거의 마지막 기회라고 할 수 있었다.

경쟁자라고 할 수 있는 메이슨이 공격에서 좋은 모습을 보여주니 조급한 마음이 생기는 것도 있었다.

특히 영웅에게 신중히 질문을 하는 이유는 그가 팀의 에이스이기 때문이다.

아무래도 팀의 에이스와 호흡이 잘 맞으면 스태프 쪽에서도 좋게 생각해줄 가능성이 있었다.

그런 이유가 있었지만 영웅의 입장에선 귀찮은 게 변할 리 없었다.

전날부터 두 사람의 마음은 하나가 되지 못하고 삐끗대고 있었다.

[강영웅 선수 오늘도 썩 좋은 피칭 내용은 아니네요.]

[아니, 뭐 내용 자체만 놓고 보면 좋다고 할 수 있습니다. 다만 그동안 강영웅 선수가 보여주었던 임팩트 있는 모습과는 거리가 좀 있긴 하죠.]

4이닝 1실점 2볼넷 5탈삼진.

확실히 영웅의 성적이라 하기에는 믿기 어려운 숫자들이었다.

시즌 내내 경이로운 기록을 보여주던 영웅이다.

그렇기에 더더욱 이런 성적은 낯설기만 했다.

영웅 본인도 마찬가지였다.

'뭔가 흐트러진 느낌이야.'

어째서일까? 도널드는 자신의 의견을 존중하고 있었다.

하지만 너무 많은 질문은 영웅을 귀찮게 만들었다. 특히 오늘 경기는 공격 시간이 매우 길었다.

이런 날에는 휴식 시간에도 정신 집중을 위해 조용히 있어야 했다.

한데 대화를 걸어오니 좀처럼 집중을 할 수 없었다. 때문에 좋은 흐름을 이어가지 못했다.

'후우……. 정말 페르나가 그립군.'

페르나가 얼마나 호흡이 잘 맞는 포수였는지 새삼 깨닫게 됐다.

이날 역시 영웅은 6이닝만 던지고 마운드를 내려왔다.

최종 성적은 6이닝 2실점 2볼넷 8탈삼진을 기록했다.

팀이 7회 대량 득점을 하면서 이긴 덕분에 승패는 기록되지 않았다.

사실 부진이라고 할 것도 없었다. 두 경기 모두 퀄리티 스타트를 기록했다.

문제는 그 선수가 영웅이란 점이다.

올 시즌 내내 압도적인 모습으로 경기를 치러오던 영웅의 부진.

언론들에게는 좋은 먹잇감이었다.

[강영웅의 몸에 문제가?]

[두 경기 연속 부진을 어떻게 볼 것인가?]

[6이닝의 산을 넘지 못하는 강영웅.]

온갖 자극적인 제목으로 영웅에 대한 기사를 쏟아냈다.

반박 기사들도 나왔다. 고작 2경기이고, 그 경기 모두 퀄리티 스타트를 기록했다는 주장을 펼치면서 영웅을 옹호했다.

하지만 사람들의 관심은 에이스의 부진에 초점을 맞추었다.

사실 위기라면 위기였다.

선수 본인의 문제가 아닌 파트너의 문제이긴 했지만 말이다.

영웅은 선수 생활이 길지 않았다.

그 길지 않은 생활 중에 자신과 파트너를 맞추었던 포수는 총 세 명이었다.

가장 긴 시간 호흡을 맞춘 건 페르나다.

두 번째는 마이너리그에서 같은 팀에 소속됐던 포수가 있었다.

하지만 그 역시 반년이 전부였다.

중간에 트레이드가 됐다.

마지막으로는 박형수였다.

박형수와는 아시안게임에서 같이 호흡을 맞추었던 경험이 있었다.

4년이란 시간 동안 호흡을 맞춘 포수는 단 세 명.

그런데 최근 두 경기에서 두 명의 새로운 포수와 호흡을 맞추게 된 것이다. 영웅에게는 매우 이례적인 일이었다.

레온 감독으로서도 고민은 깊어질 수밖에 없었다.

백업 자원이라 할 수 있는 두 포수가 에이스 투수인 영웅과 호흡이 맞지 않는다는 게 눈에 보였기 때문이다.

'영웅은 팀에서 가장 중요한 선수다. 그가 성적이 떨어지면 팀 전체에 영향이 갈 가능성이 높다.'

상징적인 선수의 부진은 곧 팀의 불화로 이어질 가능성이 높았다.

특히 영웅은 어린 나이에도 성적이 워낙 특출해 팀의 실질적 구심점 역할을 하고 있었다.

즉, 커리어를 쌓으면서 선수들의 존경심을 얻는 다른 선수들과는 다르단 소리였다. 그렇기 때문에 성적이 떨어지면 그를 따르던 선수들이 떨어져 나갈 가능성도 있었다.

실제 역사를 보더라도 그런 케이스는 얼마든지 있었다.

인디언스는 젊은 팀이다. 주축 선수 대부분이 20대 중후반에 포진되어 있다.

이런 젊은 팀의 경우 분위기에 잘 휩쓸려 다닌다는 특징이 있었다.

장점이기도 했지만 단점일 수도 있었다.

한번 상승세를 타면 무서울 정도로 상승세를 타는 게 젊은 팀의 장점이다.

하지만 떨어지기 시작하면 끝없는 나락으로 떨어진다.

구심점 역할을 하는 영웅이 떨어진다면 단점이 드러날 게 분명했다.

그걸 막기 위해서는 포수가 안정을 찾아야 된다.

'또 하나의 카드를 쓸 때가 왔군.'

레온 감독이 마지막 카드를 만지작거렸다.

레온 감독의 걱정이 현실이 됐다.

영웅이 승리를 챙기지 못하자 인디언스 팀이 삐끗대기 시작했다.

젊은 선수들은 언론에 휘둘리는 경향이 많았다.

미국의 주요 언론들과 기자들도 하나둘 영웅에 대해 우려스러운 목소리를 내기 시작했다.

그 기사들을 본 선수들의 마음속에 불안감이 나타났다.

지금은 아주 작은 불안감이었다.

하지만 프로의 세계, 그것도 최고의 실력을 가진 메이저리그에서 그 작은 불안감은 크게 나타났다.

그 결과 인디언스는 시즌 첫 3연패라는 늪에 빠졌다.

문제는 지구 2위인 디트로이트 타이거즈와의 승점이 점점 줄어들고 있다는 것이었다.

분위기 반전이 필요한 순간이었다.

인디언스는 클리블랜드를 떠나 뉴욕으로 향했다.

이번 상대는 뉴욕의 절대강자 양키스였다.

올 시즌 양키스는 지구 1위, 리그 2위를 달리면서 엄청난 성적을 올리고 있었다.

그 중심에는 양키스의 에이스 오오타니가 존재했다.

오오타니는 올 시즌 17승 3패 평균 자책점 1.87의 빼어난 성적을 올렸다.

영웅이 잠깐 주춤하는 사이 다승 1위에 등극했다.

메이저리그 진출 이후 양국 에이스들의 두 번째 대결이다.

한국과 일본에서도 매우 높은 관심을 보이고 있었다.

일본에서는 최근 영웅이 부진했기 때문에 오오타니가 승리할 것이란 예상을 내놓았다.

실제 최근 2경기를 놓고 보면 오오타니가 확실히 더 좋은 모습을 보여주고 있었다.

2승 무패를 하면서 단 1실점을 기록했다.

게다가 탈삼진은 두 경기 합쳐 25개를 잡아내면서 극강의 모습을 보여주었다.

반면 한국에서는 또 다른 이유로 이번 경기를 집중 조명했다.

[클리블랜드 인디언스의 박형수, 메이저리그 진출 이후 첫 마스크를 쓰다!]

이번 뉴욕 양키스 전에서 선발 포수로 박형수가 예고 됐기 때문이다. 파격적인 기용이었다.

언론에서도 놀랐고 선수들도 놀랐다.

특히 메이슨은 이번 기용에 대해 불만을 가졌다.

자신의 타격감이 이렇게 좋은데 메이저리그에서 마스크를 쓰지 못했던 박형수가 선발 출장을 하다니?

이해할 수 없는 기용법이었다.

하지만 그는 아직 감독의 말에 거역할 수 있는 위치기 아니었다. 그렇기에 조용히 있을 수밖에 없었다.

비행기를 타고 이동하면서 박형수는 의외로 조용했다. 뭔가를 열심히 보면서 적고 있었다.

간간히 그 모습을 바라보는 영웅은 저게 무엇인지 궁금했다. 하지만 이내 고개를 저었다.

'정신 집중이 우선이다.'

팀이 좋지 않은 상황이라는 건 그도 알고 있었다. 에이스이기에 그 부분에 대한 무거운 책임감을 가지고 있었다.

또 하나.

직전 등판에서 도널드에게 많이 시달렸기 때문에 오늘은 조용히 있고 싶었다.

마치 그 마음을 알고 있다는 듯 박형수가 대화를 걸어와 주지 않으니 마음이 편했다.

영웅은 안대로 눈을 가리고 헤드셋으로 음악을 들으며 뉴욕까지의 비행을 편안하게 즐겼다.

경기 시작 전.

영웅은 불펜에서 가볍게 공을 던졌다. 당일 컨디션을 체크하기 위해서다.

빠악!

"나이스!"

평소에 받아주던 불펜 포수의 외침에 영웅이 고개를 끄덕였다.

컨디션은 나쁘지 않았다.

'직전 경기에서도 이 정도 컨디션이었지.'

문제는 파트너의 교체로 고전을 하고 있다는 것이다.

'나도 아직 멀었어.'

스스로도 이런 문제점이 있을 줄은 몰랐다. 이런 건 직접 경험을 해야 알 수 있는 문제였으니 말이다.

'이걸 이겨내야 된다.'

영웅은 스스로의 문제점을 이겨낼 방법을 강구할 생각이었다.

긴 선수 생활 동안 이런 문제가 또 일어날 수도 있으니 말이다.

"자, 연습은 여기까지 하도록 하지."

"예."

투수 코치의 말에 영웅이 고개를 끄덕였다.

막 몸을 돌렸을 때.

영웅의 눈에 한 남자가 보였다.

펜스 너머로 걸어가는 뒷모습은 낯이 익었다.

'형수 형?'

멀어지는 그는 분명 박형수였다.

'언제부터 여기에 있던 거지?'

왜 여기에 있었는지 다소 의아한 영웅이었다.

양키스타디움에 관중들이 몰려들었다.

"휘유, 오늘따라 동양인이 많은데?"

기자석에 앉아 경기를 기다리던 ESPN의 맥도널드가 휘파람을 부르며 관중석을 바라봤다.

그의 말대로 경기장을 찾은 사람 중 1/3이 동양인이었다.

옆에 앉아 있던 동료이자 경쟁사인 NYT의 테즈가 말했다.

"오늘 경기는 동양인들의 관심을 끌기에 충분하지. 특히 한국인과 일본인의 관심을 말이야."

"큭! 두 나라의 영웅들이 적으로 만났군."

"역사적으로도 악연인 두 나라이니 관심은 언제나 뜨겁지."

한국과 일본의 악연은 이제 많은 미국인이 알고 있었다.

특히 한국인과 일본인 메이저리그들이 많이 등장을 하면서 그런 에피소드는 수도 없이 만들어졌다.

그렇기에 기자들이 이 대결을 관심 있게 지켜보는 것도 이상한 일은 아니었다.

"누가 이길까?"

"오오타니."

"일말의 고민도 없는데?"

"영웅의 상태가 백 퍼센트라면 영웅이 이기겠지만 아쉽게도 그의 상태는 백 퍼센트가 아니야."

"하긴, 페르나의 부재가 뼈아프긴 하지."

많은 전문가의 예상도 비슷했다.

"게다가 박형수는 메이저리그 진출 이후 처음으로 마스크를 쓰는 거다. 그것도 불안 요소가 되겠지."

"한국과는 다르니까 말이야."

박형수에 대한 우려도 내놓는 기자들이었다.

[뻐억—!]

[스트라이크! 배터 아웃!]

"오오타니는 오늘도 대단하네. 두 타자 연속 삼구삼진이라니 말이야."

"100마일이 넘는 공을 쉽게도 던지는군."

메이저리그라 하더라도 100마일의 강속구는 쉽게 찾아볼 수 없다.

특히 선발이라면 손에 꼽을 수 있을 정도다.

선발의 경우 한 경기에 100구 전후를 던져야 된다. 그 많은 공을 모두 전력투구를 하게 된다면 금방 지쳐 쓰러질 것이다. 완급 조절을 하는 이유다.

힘을 비축하고 공을 던지기 때문에 100마일 이상의 공을 던지는 게 매우 어렵다.

그러다 보니 선발 투수가 100마일을 넘는 공을 연달아 던지는 건 어려운 일이었다.

한데 오오타니는 그것을 해내고 있었다.

더 놀라운 건 평균 구속도 100마일을 넘는단 사실이었다.

이는 메이저리그에서 한 손에 꼽을 정도의 구속이었다.

"저런 공은 초반에 공략하기 어렵……."

따악!

"와아아아─!"

경쾌한 소리와 함께 관중석이 소란스러워졌다.

놀란 기자들의 시선이 외야 쪽으로 향했다. 그곳에는 관중석에 떨어지는 타구가 보였다.

"헐……."

[넘어갔습니다! 초구를 노려친 박형수의 벼락같은 홈런이 나왔습니다!]

[이건 노렸습니다. 상대의 패스트볼만을 노린 스윙에 정확히 걸렸어요.]

홈런을 때려낸 박형수가 유유히 베이스를 돌았다.

11장
상대를 믿어라

　1회.

　경기의 시작이다.

　투수의 입장에선 가장 힘이 남아돌 때다. 그렇기에 자신이 가장 자신 있어 하는 공을 던진다.

　강속구 투수에게 자신 있는 공은 당연히 강속구였다.

　'백 마일이라도 알고 있다면 때릴 수 있다.'

　박형수는 그렇게 판단을 내리고 패스트볼을 노렸다.

　그리고 제대로 걸렸다. 홈런이 된 것은 예상외였지만 말이다.

　하지만 오오타니를 무너뜨리기에는 무리였다.

　뻑!

　"스트라이크! 배터 아웃!"

　네 번째 타자도 삼진으로 물러났다.

4명의 타자를 상대로 3개의 삼진을 잡아냈다.

하나의 홈런을 제외하고는 퍼펙트한 모습이었다.

"후우……."

박형수가 마스크를 쓰며 그라운드로 나갔다.

그 모습을 바라보는 영웅의 마음은 평소보다 더 편했다.

'1회부터 리드를 얻고 마운드에 서는 게 얼마만이지?'

기억이 나지 않았다.

그만큼 오래된 기억이었기 때문이다. 한결 마음이 편안했다. 어깨도 가벼웠다.

'가볍게 가자.'

영웅이 몸을 풀기 시작했다.

팡-!

빽!

공을 받는 박형수는 신중했다.

홈런을 쳤기에 다소 들뜰 수도 있다. 하지만 그의 머릿속에는 이미 홈런을 친 기억은 사라졌다. 오직 공을 받는 데 모든 정신을 집중했다.

'패스트볼의 회전이 나쁘지 않다. 불펜에서 본 것과 같아.'

투수의 공은 기복이 있다.

아무리 뛰어난 투수라도 당일의 컨디션에 따라 잘 던질 수 있는 공이 결정된다.

그런 공을 미리 파악하는 것 역시 포수의 능력이다.

최소한 박형수는 그렇게 생각했다.

메이슨은 노력을 하지 않았다. 투수의 당일 컨디션이 어떤지, 어떤 공을 더 잘 던지는지 알아내려고 하지 않았다.

도널드는 반대의 경우다.

너무 깊이 알려고 했다. 등판 당일은 투수가 가장 민감한 날이다. 그렇기에 너무 많은 대화를 시도해도 좋지 않다.

경험이 풍부한 도널드가 그런 실수를 한 것은 오직 하나다.

메이저리그라는 긴장감.

그리고 잘해야 된다는 압박감이 섞여 평소에 하지 않던 행동을 하게 됐다.

박형수는 달랐다.

첫 선발 포수 출장이라는 점이 긴장되기도 했지만 메이저리그 선발은 벌써 두 시즌을 치렀다.

더 이상 메이저리그라고 해서 떨거나 할 레벨이 아니었다.

또한 에이스인 영웅이지만 박형수 개인적으로는 그저 후배였다. 그러다 보니 평소와 같은 모습을 보여줄 수 있었다.

[연습 투구가 끝났습니다. 강영웅 선수, 팀을 위기에서 구해낼 수 있는지 귀추가 주목됩니다.]

영웅은 로진을 손끝에 묻히며 마지막 준비를 마무리했다.

수비가 던져 주는 공을 받은 영웅이 다시 마운드에 섰다.

홈 플레이트를 밟은 그의 눈에 박형수가 눈에 들어왔다. 평소보다 그의 모습이 더 커보였다.

마운드에서 포수를 바라보면 포수는 매우 작게 보인다. 한데 오늘따라 박형수의 모습이 평소보다 크게 보였다.

사실 박형수는 가슴을 쫙 펴고 상체를 세워 영웅이 초점을 더 잡을 수 있게 해주고 있었다.

작은 배려였지만 그것만으로도 투수에게 큰 도움이 되었다.

'포심 패스트볼, 원하는 곳으로.'

첫 사인을 냈다.

영웅은 바로 고개를 끄덕였다. 다소 놀라기도 했다.

'페르나와 똑같은 사인을 내시다니.'

예상치 못했다.

하지만 거기까지였다. 영웅은 더 이상 깊게 생각하지 않았다. 지금은 공 하나를 던지는 데 모든 정신을 집중해야 할 때였다.

"후우……."

[초구 던집니다!]

쐐애애액!

제구는 신경 쓰지 않고 전력을 다해 던지는 것에 집중했다. 초구부터 기를 죽여 놓을 생각이었다.

영웅의 손을 떠난 공이 매서운 속도로 날아갔다.

타자의 몸 쪽을 파고드는 공에 배트는 나올 생각을 하지 못했다.

퍼엉-!

굉장한 소리가 그라운드에 울려 퍼졌다. 경쾌한 소리가 귀를 때리자 등골이 짜릿할 정도로 기분이 좋았다.

"스트라이크!!"

직후 들려오는 구심의 콜에 더 없는 환희를 느꼈다.

'그래, 이 기분이야.'

작은 부분이지만 소리가 기분이 좋았다. 그리고 오늘따라 박형수의 모습도 크게 보였다. 저곳을 과녁으로 삼는다면 언제든지 스트라이크를 던질 자신이 있었다.

'몸 쪽 스플리터.'

좋은 리드였다.

정확히 자신이 원하는 코스였다. 페르나였어도 같은 코스를 요구했을 게 분명하다.

박형수가 저렇게 사인을 내주니 고마울 따름이었다.

[2구 던집니다!]

부앙!

[타자의 배트 헛돕니다! 방금 전과 같은 코스로 들어오면서 마지막 순간에 떨어졌네요.]

[아주 좋은 스플리터였습니다. 코스가 같았으니 참기는 어려웠죠.]

투 스트라이크로 유리한 카운트를 잡았다.

여기서 선택이 중요했다. 메이슨이나 도널드 두 사람은 이런 순간에 유인구를 요구했다.

대부분의 포수가 같은 선택을 할 것이다.

볼카운트가 여유가 있었으니 말이다.

하지만 교과서적인 리드에 불과했다. 좋은 포수라면 투수의 성향에 따라 교과서적인 리드에서 변칙적인 리드로 바꿀 줄도 알아야 된다.

'바깥쪽.'

박형수의 사인이 코스를 정했다. 뒤이어 구종을 가리키는 사인이 나왔다.

그것을 본 영웅이 미소를 지었다.

'오케이.'

고개를 끄덕인 영웅이 와인드업 포지션에 들어갔다.

[사인 교환을 빨리 끝낸 강영웅 선수, 3구 던집니다!]

그의 손을 떠난 공이 매서운 속도로 바깥쪽 코스를 노렸다.

'빠져 나간다.'

타자는 그렇게 판단을 내렸다.

노 볼 투 스트라이크다.

최근 두 경기 영웅의 데이터라면 분명 빠져 나가는 선택을 할 것이다.

그렇게 판단을 내린 이유는 하나가 더 있다.

바로 포수다.

박형수는 메이저리그 진출 이후 첫 번째 선발 포수 출장이다.

양키스는 작전 회의에서 포수의 볼 배합이 안정적으로 갈 것이라 판단을 내렸다.

선수들에게도 미리 인지를 시켰다.

볼카운트가 몰린다면 유인구가 들어올 가능성이 높다는 걸 말이다.

하지만 여기에는 맹점이 있었다.

박형수가 첫 선발 포수로 등판을 하면서 긴장을 해야 한다는 점이다.

그러나 박형수는 긴장을 하지 않았다.

뻐엉-!

"스트라이크! 배터 아웃!"

[스탠딩 삼진입니다! 양키스의 리드오프를 스탠딩 삼진으로 돌려세우는 강영웅–박형수 배터리입니다!]

[정말 공격적인 피칭이었습니다. 타자는 유인구라 판단을 내린 것 같았지만 98마일의 빠른 공이 그대로 미트에 꽂히는군요.]

두 번째 타자 역시 4개의 공으로 삼진을 잡아냈다.

[1회 초와 같은 양상으로 흘러가는 강영웅 선수입니다.]

그렇기에 약간의 불안감이 있었다.

오오타니도 투 아웃까지 잘 잡아내고 홈런을 허용했기 때문이다.

또한 불안 요소가 하나 있었다.

앞서 두 타자가 공격적인 피칭으로 아웃이 됐기 때문에 세 번째 타자에게 충분한 데이터가 쌓였다.

'박형수가 계속 같은 스타일로 리드를 하면 맞을 가능성이 높다.'

레온 감독의 시선이 박형수를 주시했다.

이번 타자가 매우 중요했다. 그것을 아는지 모르는지 박형수는 매우 빠르게 사인을 냈다.

영웅도 바로 고개를 끄덕였다.

여기까지는 앞서 두 타자와 다를 게 없었다.

[강영웅 선수 초구 던집니다.]

쐐애애액–!

영웅의 손을 떠난 공이 매서운 속도로 날아왔다.

패스트볼의 궤적을 그리며 날아오자 타자는 일말의 망설임 없이 배트를 돌렸다.

'걸렸……!'

그 순간 공이 타자의 시야에서 사라졌다.

'변화구?!'

깜짝 놀라 무게중심을 낮추며 배트의 궤적을 바꾸었다.

하지만 이미 늦었다.

부앙–!

퍼퍽!

"스트라이크!"

[초구 헛스윙 합니다! 굉장히 큰 스윙이었네요.]

[패스트볼이라 판단을 내린 것 같았는데 마지막 순간 공이 떨어졌어요.]

[앞서 두 타자와는 패턴이 바뀌었군요.]

박형수는 매우 침착했다.

사실 그는 메이저리그에 온 뒤로도 포수에 대한 집착을 버리지 않았다.

비록 포지션이 바뀌었지만 언젠가는 자신에게 기회가 올 것이라 믿었다. 그렇기에 매일매일 노력을 게을리 하지 않았다.

경기가 끝나면 전문 사이트에 접속해 그날 경기의 데이터를 살폈다.

특히 영웅의 피칭 내용을 유심히 살폈다.

메이저리그에서만이 아니라 국가 대표에서도 만날 확률이

높았기 때문이다.

그 결과 영웅이 선호하는 코스, 구종, 상황을 모두 파악할 수 있었다.

그의 리드가 페르나와 비슷한 이유였다.

'체인지업.'

두 번 연속 변화구였다.

이번에도 영웅은 고개를 끄덕였다. 영웅은 단순히 변화구를 싫어하는 게 아니었다. 리드에도 내용이 있어야 된다. 소설이나 영화처럼 기승전결이 분명해야 믿음이 갔다.

하지만 메이슨과 도널드는 그런 부분이 배제되어 있었다.

그저 상황이 나타나면 그 상황에 적합한 리드를 했다.

나쁘다는 게 아니다.

단지 믿음이 덜 간다는 것뿐이었다.

박형수는 달랐다.

자신이 원하는 그림을 그리고 그 사인을 요구하고 있었다. 앞서 두 타자를 상대하면서 그 느낌이 강하게 들었다.

그걸 확인하고 싶었다.

자신의 느낌이 맞는지 말이다.

'이번 타자는 형님을 믿겠어요.'

와인드업을 한 영웅이 공을 뿌렸다.

부앙-!

퍽!

[두 번 연속 헛스윙이 나옵니다!]

[이번에는 체인지업이었습니다. 오늘 경기 처음으로 던진

공이었어요. 빠른 공에 초점을 맞추었기 때문에 헛스윙이 나올 수밖에 없었습니다.]

[세 타자 연속 유리한 카운트를 선점하는 강영웅 선수입니다!]

기자석이 술렁였다.

"앞서 두 타자에게 던진 변화구는 스플리터 하나였는데, 이번에는 변화구만 연달아 두 개를 던지는군."

"전혀 다른 볼 배합이야."

"이번에는 어떨까? 바로 승부를 걸까?"

"글쎄. 볼 배합이 바뀌었으니 이번에는 피하지 않을까?"

"나도 같은 생각이야. 두 번이나 헛스윙을 했으니 굳이 정면 승부를 펼칠 생각은 없겠지."

대부분의 기자가 같은 생각이었다.

[와인드업을 합니다.]

화면에 와인드업을 하는 영웅이 보였다. 기자들의 시선이 집중됐다. 역동적인 투구 폼에서 공이 뿌려졌다.

쐐애애액-!

빽!

[스트라이크! 아웃!]

[삼진입니다! 세 번째 공은 99마일의 빠른 공이었습니다! 존의 한가운데를 통과하는 매우 공격적인 피칭이었네요!]

기자들의 예상은 모두 빗나갔다. 그리고 타자 역시 마찬가지다.

스탠딩 삼진.

예상치 못한 빠른 공에 미처 배트조차 내밀지 못했다.

기자들의 눈이 커졌다. 그들의 시선은 캐처박스에서 일어나는 박형수에게로 향했다.

'이런 기묘한 볼 배합이라니.'

예상치 못한 볼 배합의 등장에 사람들의 관심이 박형수에게로 몰릴 수밖에 없었다.

완벽한 데뷔전이었다.

타자가 아닌 포수로서 말이다.

포수가 안정적이자 투수인 영웅도 흥이 나기 시작했다.

'잡음이 없다.'

그동안은 포수와 삐걱거리는 부분이 있었다. 호흡이 맞지 않았고 자신의 템포에 맞는 리듬을 잡을 수 없었다.

하지만 박형수는 아니다.

마치 자신의 속마음을 알고 있다는 듯 사인이 나왔다. 공격하고 싶을 때 공격적인 사인이, 상대의 반응을 보고 싶을 때 유인구의 사인이 나왔다.

유인구도 무작정 피하는 공이 아니었다.

정확히 타자의 심리를 체크할 수 있는 코스와 구종을 요구했다.

이닝이 거듭될수록 박형수에 대한 신뢰는 커져갔다.

중반이 지났을 때. 영웅은 더 이상 그의 리드에 의심을 가지지 않게 됐다.

뻐억-!

"스트라이크! 배터 아웃!"

[헛스윙 삼진! 7회 마지막 타자를 삼진으로 마무리하는 강영웅 선수! 14번째 탈삼진을 기록합니다! 또한 노히트 기록을 7회까지 늘립니다!]

5회 말.

에러로 한 명의 주자가 출루했다.

만약 그게 아니었다면 퍼펙트게임이 될 수도 있었던 상황이었다.

투수의 입장에선 기운이 빠질 상황이다.

그것을 알기에 박형수는 마운드를 방문했다.

적절한 타이밍이었다.

마운드에 올라 별다른 말은 하지 않았다.

그저 일상의 대화였다.

경기가 끝나고 밥이나 먹자는 둥, 뉴욕의 어디 가봤냐는 둥.

좋은 선택이었다.

기분 전환을 시켜줄 수 있기 때문이다.

결과 역시 좋았다.

영웅은 다음 타자를 삼진으로 처리하며 자신의 페이스를 유지할 수 있었다.

7이닝 노히트노런.

최근 두 경기의 부진을 단숨에 떨쳐내는 성적이었다.

"박형수가 정말 대단하군."

"그러게 말이야. 메이저리그 무대인데도 전혀 떨지 않다니."

일반 관중에게는 투수인 영웅이 더 빛을 발했다.

직접적으로 보이기 때문이다.

또 하나, 포수가 경기에 영향을 끼치는 모습은 전문가급의 지식이 없는 이상 알기 어렵다.

야구를 분석하는 팬들도 있지만 많은 이들은 그저 즐긴다.

그렇기에 거기까지 파고들진 않았다.

전문가들은 달랐다.

야구를 분석하고 왜 저런 일이 벌어졌는지 알아야 했다. 그렇기에 기자들의 눈에 박형수의 능력이 보이는 것이었다.

'오늘 시합의 숨은 MVP는 박형수다. 화려한 기술을 부리는 건 아니다. 하지만 투수 리드는 매우 뛰어나.'

특히 안정적인 리드는 인상적이었다.

동시에 긴장을 하지 않고 있는 것이 눈에 보였다.

대부분 선수는 첫 선발에서 긴장을 한다. 과도한 긴장감은 선수가 자신의 능력을 발휘하는 데 있어 장애물이 되는 경우가 많다.

실제 수많은 선수가 긴장감을 이겨내지 못하고 실전에서 세 실력을 발휘하시 못한 채 사라졌다.

하지만 박형수는 달랐다. 그의 모습에선 긴장감은 찾아볼 수 없었다.

'우리가 박형수를 과소평가하고 있었다.'

메이저리그에서 성공한 동양인 포수는 두 명으로 평가받

는다.

최초의 동양인 포수 일본인 조지마 겐지.

그리고 전설 정찬열.

두 선수는 메이저리그에서 분명한 발자국을 남겼다.

조지마 겐지는 최초라는 명성을 얻었지만 크게 빼어난 성적은 내지 못했다.

정찬열은 전설이라 불리며 동양인 포수도 메이저리그에서 성공할 수 있다는 걸 증명했다.

하지만 이후 동양인 포수가 메이저리그에서 성공한 케이스는 없었다.

그래서 일각에서 대두되고 있는 정찬열이 예외적이었단 주장이 힘을 얻었다.

그렇기에 박형수의 활약은 더욱 예상외였다.

한국에서도 박형수는 포수보다도 타격에서 더욱 두각을 드러냈다.

언론도 초점을 타격에 맞추었다.

그러나 박형수를 아는 사람들이나 호흡을 맞추었던 투수들은 리드에 더욱 높은 점수를 주었다.

투수를 편안하게 해주는 리드.

그것이 포수 박형수의 장점이었다.

뻐억-!

"스트라이크! 배터 아웃!"

[삼진입니다! 8회 말! 다시 한번 삼자범퇴 이닝을 만들어 낸 강영웅 선수! 노히트노런까지 단 3개의 아웃 카운트를 남

겨두게 됩니다!]

영웅은 자신의 역할에 충실했다.

공을 받아주는 포수가 안정적이 되자 언제 그랬냐는 듯 완벽했던 이전의 모습을 보여주었다.

오오타니와의 대결에선 완승을 거두었다.

상대 역시 좋은 피칭을 했지만 박형수에게 허용한 1회의 홈런이 뼈아팠다.

또한 영웅처럼 빠른 승부를 하지 못하면서 7회를 끝으로 마운드에서 내려가야 했다.

그리고 9회.

따악!

[쳤습니다! 박형수 선수의 벼락같은 스윙! 타구는 그대로 담장을 때립니다! 1루 주자 파렐 선수 어느새 2루를 돌아 3루로! 그리고 3루까지 돌았습니다! 중견수 공을 잡아 중계합니다!]

파렐은 미치도록 전력질주를 했다.

심장이 터질 것 같았지만 멈추지 않았다.

마지막 공격이다. 리드를 하고는 있지만 고작 1점이다. 단한 번의 타자로도 동점이 가능한 아슬아슬한 상황.

리드오프의 입장에선 자신의 발로 어떻게든 1점을 내주고 싶었다.

특히 파렐은 영웅과 친하다. 페르나만큼은 아니더라도 같이 밥을 먹고 게임도 즐기는 사이다. 그렇기에 더더욱 점수를 내주고 싶은 욕심이 있었다.

파렐은 상체를 숙여 속도를 더했다. 바람소리가 귀를 훑고
지나갔고 눈은 뜨기 어려울 정도였다.

그런 상황에서도 파렐은 다음 타자의 수신호를 읽고 있
었다.

'우측으로 슬라이딩!'

아슬아슬한 상황임을 알 수 있었다.

파렐은 있는 힘껏 땅을 박차며 몸을 미끄러뜨렸다.

쿵-!

촤아아앗-!

정석대로라면 헤드 퍼스트 슬라이딩을 해야 될 상황.

하지만 파렐의 선택은 벤트 레그 슬라이딩이었다.

순간적으로 페르나의 일이 떠올랐기 때문이다.

또 하나, 자신의 발에 대한 자신감도 있었다.

그러나 결과적으로 최악의 결과가 됐다.

탁-!

발이 들어감과 동시에 포수의 미트가 파렐의 다리 위를 때
렸다.

뒤이어 구심의 손이 좌우로 펼쳐졌다.

"세이프!"

[세이프입니다! 9회 초에 귀중한 한 점을 올리는 파렐 선
수! 박형수 선수는 오늘 경기 2타점을 올리며 팀의 득점을
모두 책임집니다!]

그때 화면에 파렐이 일어나지 못하는 모습이 잡혔다.

[어? 이게 뭐죠? 설마 또 부상인가요?]

페르나가 이탈한지 한 달도 지나지 않았다.

그런데 또 부상이라면 최악이다.

특히 팀의 리드오프인 파렐의 이탈은 생각도 할 수 없는 일이었다.

레온 감독이 급하게 더그아웃을 나서려는 순산.

파렐이 자리에서 일어났다.

관중석에서 안도의 탄성이 터져 나왔다.

[스스로 걸어서 더그아웃으로 들어갑니다! 다행히 큰 부상은 아닌 것으로 보이네요.]

[예, 그런 거 같습니다. 그렇지 않아도 안방마님의 부재로 고생을 했던 인디언스 아닙니까? 돌격대장까지 빠지면 정말 큰일입니다.]

더그아웃에 돌아온 파렐에게 코치와 감독, 그리고 트레이너들이 붙었다.

"괜찮은 거냐?"

"살짝…… 삐끗했습니다."

파렐이 오른쪽 다리를 가리켰다.

레온 감독은 곧장 트레이너를 향해 눈짓을 주었다.

트레이너가 다리를 살폈다.

주 무기라 할 수 있는 다리에서 느껴지는 통증에 파렐은 긴장했다. 다리의 부상이 무엇을 의미하는지 잘 알기 때문이다.

점검을 끝낸 트레이너가 조심스럽게 말했다.

"일단…… 뼈에는 큰 문제가 없는 것으로 보입니다. 하지만 부은 형태로 보아 근육이 다쳤을 수도 있습니다. 자세한 건 정밀진단을 받아봐야 합니다."

"바로 옮기도록 해."

"알겠습니다."

정확한 진단은 한시라도 빠를수록 좋다.

레온 감독의 지휘 아래 파렐은 곧장 더그아웃을 빠져나갔다.

"로메로, 다음 이닝에 유격수로 나간다."

"예."

갑작스러운 부상에 인디언스의 더그아웃이 술렁였다.

인디언스의 득점은 그게 끝이었다.

주자는 있었지만 더 이상의 추가점은 나지 않았다.

[9회 말, 노히트노런까지 단 3개의 아웃 카운트를 남겨둔 강영웅 선수가 마운드에 올라옵니다.]

[음, 내야 수비진의 변화가 있네요. 파렐 선수가 빠지고 로메로 선수가 투입됐습니다.]

[부상일까요?]

[그럴 수도 있습니다만 보호 차원에서 뺐을 수도 있습니다.]

[일단 확실한 정보는 현지에서 나오는 대로 알려드리도록 하겠습니다. 강영웅 선수에게 별다른 영향이 없었으면 좋겠

네요.]

[큰 문제는 없을 겁니다. 정신력이 워낙 강한 선수니까 말이죠.]

영웅도 더그아웃에 있었기에 파렐의 부상을 알았다.

그렇기에 더욱 집중력을 끌어올렸다.

'어수선한 분위기는 내가 잡아야 된다.'

한층 더 무거운 책임감을 어깨에 짊어지고 마운드에 선 영웅이 첫 번째 공을 던졌다.

쐐애애액—!

뻐억!

"스트라이크!!"

[97마일! 9회 말에도 여전히 90마일 후반의 구속이 전광판에 찍힙니다!]

[굉장한 지구력이라 할 수 있습니다. 정말 대단해요!]

'2구는 슬라이더.'

박형수는 영웅의 어깨를 가볍게 해주기 위해 최선을 다했다. 타자의 성향을 간파하고 직전 타석에서 무엇을 노렸는지를 떠올리며 영웅을 리드했다.

그리고 영웅은 그의 리드대로 공을 뿌렸다.

쐐애액—!

후웅—!

뻐억!

"스트라이크!! 투!"

[배트 헛돕니다! 마치 뱀이 도망치듯 예술적인 움직임을

보여줍니다!]

3구.

지금까지 패턴이라면 승부를 들어올 확률이 높았다.

'하지만 노히트노런이 걸려 있다. 신중하게 오지 않을까?'

타자의 머릿속이 복잡해졌다.

노히트노런은 분명 대기록이다. 어떤 선수라도 이런 기록이 걸려 있다면 떨려야 하는 게 정상이다.

하지만 영웅은 이미 노히트노런과 퍼펙트게임을 기록했던 투수다.

'만약 이런 순간에 떨었다면 그때 이미 실패하지 않았을까?'

타자의 머릿속에 두 가지 생각이 혼동됐다.

한 가지를 택하고 타석에 들어서도 칠 수 있을지 모르는데 혼란이 가중된 상황.

그런 타자를 요리하는 건 박형수와 영웅에게는 너무나 쉬웠다.

쐐애애액-!

'큭! 패…… 패스트볼!'

타자의 배트가 급하게 돌아갔다. 그 순간 공이 뚝 떨어졌다.

'스플리터?!'

타자가 고민을 하고 있다는 걸 안 이상 정면 승부를 하는 건 멍청한 짓이었다.

부앙-!

퍼억-!

"스트라이크! 배터 아웃!"

[삼구삼진! 노히트노런까지 단 2개의 아웃 카운트가 남았습니다!]

궁지에 몰린 양키스에서 대타를 내보냈다.

'어떻게든 노히트노런은 피해야 한다.'

양키스는 메이저리그를 대표하는 명문 구단이었다.

그런 자신들이 노히트노런의 재물이 되는 건 어떻게든 막아야 했다.

[대타를 내보내는 양키스입니다.]

[파워형 타자가 아니라 컨택형 타자입니다. 맞추는 데 더 능력이 있는 선수죠.]

[즉, 한 방보다는 어떻게든 기록을 깨겠다, 그런 목적으로 내보냈다고 생각하면 되는 건가요?]

[그렇게 봐도 되겠습니다.]

영웅과 박형수 역시 그 사실을 알았다.

하지만 달라질 건 없었다.

상대가 어떤 방법을 쓰건 그것을 부수는 것 역시 자신들이 해야 할 일이었다.

[강영웅 선수, 와인드업 합니다!]

쐐애애액-!

9회 말.

경제적인 피칭을 했다지만 영웅의 투구 수도 100구를 넘어 110구를 향해 달려가고 있었다.

자연스레 악력이 떨어지면서 공의 무브먼트가 줄었다.

그 정보는 양키스의 타자들에게도 알려졌다.

그러다 보니 스윙에도 망설임이 없었다.

따악!

[쳤습니다! 파울 라인을 벗어나는 타구입니다! 하지만 날카로운 타구 아니었습니까?]

[예, 타이밍이 조금 늦어 파울이 됐지만 정말 아슬아슬했습니다.]

대기록에 도전 중일 때.

특히 마지막 순간에 꼭 이런 아슬아슬한 장면이 나온다. 보는 이로 하여금 가슴이 철렁하게 만드는 장면이 말이다.

영웅도 놀라긴 했지만 그는 미소를 지었다.

좋은 타구였어도 어차피 파울이다.

'오히려 하늘은 날 돕고 있다는 소리지.'

좋은 쪽으로 생각한 영웅이 와인드업을 했다.

타자 역시 그의 동작에 맞춰 자신의 리듬을 탔다.

"차앗!"

전력을 담은 공이 빠르게 날아갔다.

종 슬라이더였다.

존의 안으로 들어오는 공을 놓칠 수 없었기에 타자는 하체를 숙이며 배트를 돌렸다.

딱-!

경쾌한 소리가 났다.

홈 플레이트 바로 앞에서 원 바운드가 된 공이 빠르게 유격수 쪽으로 날아갔다.

빠른 타구였지만 유격수는 자세를 낮추면서 튀어 오르는

공을 향해 글러브를 뻗었다.

퍽!

[잡았습니다! 곧장 1루로 송구!]

퍽-!

"아웃!"

[아웃입니다! 투 아웃! 파렐 선수를 대신해서 들어온 로메로 선수! 어려운 타구는 가볍게 잡아냅니다!]

[갑자기 투입이 되어 긴장했을 텐데, 아주 잘 잡아냈습니다.]

[남은 아웃 카운트는 단 하나입니다!]

영웅은 로메로에게 글러브를 들어 감사의 인사를 전했다.

'역시 내 생각대로야.'

모든 운이 자신에게 와 있었다. 영웅은 남은 아웃 카운트 하나를 잡기 위해 다음 타자를 노려봤다.

[강영웅 선수, 와인드업 합니다!]

[메이저리그에서 활약 중인 강영웅 선수가 통산 4번째 노히트노런 달성에 성공했습니다.]

메이저리그 진출 4년 차.

영웅은 또다시 기록을 새롭게 써내려가고 있었다.

하지만 호사다마라고 했던가?

분위기 반전에 성공한 인디언스지만 불운도 있었다.

[클리블랜드 인디언스의 리드오프 조 파렐 선수가 우측 발목 염좌로 전치 4주의 부상을 입었습니다. 9회 초 슬라이딩 과정에서 발목을 다친 파렐 선수는 정규 시즌 복귀가 어려울 것으로 전망이 됩니다.]

페르나의 뒤를 이어 주전 선수의 이탈이었다.
인디언스로서는 불운이 겹쳤다는 말로밖에 설명할 수 없었다.

to be continued